KB062950

나의 동두천

김중미

1963년 인천에서 태어났다. 1987년부터 인천 만석동에서 '기차길옆공부방'을 꾸려 왔으며, 지금은 강화로 터전을 옮겨 농사를 짓고 인천과 강화를 오가며 '기차길옆작은학교'의 큰이모로 살고 있다. 가난한 아이들과 이웃들의 삶을 녹여낸 장편동화 『괭이부리말 아이들』로 창비 '좋은 어린이책' 원고 공모에서 대상을 받으면서 작가가 되었고, 깊은 고민과 문제의식을 담은 작품들로 세상에 감동을 전하고 있다. 그동안 지은 책으로 동화 『종이밥』 『내 동생 아영이』 『똥바다에 게가 산다』 『행운이와 오복이』, 그림책 『6번길을 지켜라 뚝딱』, 청소년 소설 『조커와 나』 『모두 깜언』 『그날, 고양이가 내게로 왔다』, 에세이 『꽃은 많을수록 좋다』 등이 있다.

나의 동두천

김중미 장편소설

날으산

차 례

그 골목 7

정아 18

임경숙 36

민해자 64

윤희 언니 99

조재민 124

그림자를 찾아서 185

길은 길로 이어진다 213

작가의 말 231

그 골목

1987년 4월. 88올림픽을 앞두고 판자촌마다 대규모 강제 철거가 시행되고 있었다. 상계동에서 강제 철거에 맞서다 쫓겨난 주민 70여 명과 양평동 철거민 일부가 명동성당에 천막을 쳤다. 전두환 정권은 군사 독재를 계속하기 위해 4·13 호헌 조치를 발표했다. 도시 곳곳에서 택시 기사들의 파업이 이어졌다. 한 치 앞도 보이지 않을 정도로 짙은 안개가 세상을 뒤덮고 있었다. 하지만 곳곳에서 뜨거운 기운들이 한 곳으로 모여들고 있었다.

나는 그때 서울을 떠나 인천의 한 지역으로 내려왔다. 그 지역은 일제강점기 때 태평양전쟁 군수물자를 조달하는 기지였던 곳이다. 곳곳에 붉은 벽돌로 지은 일본식 공장 건물이 남아 있고 그 사이로 거미줄 같은 골목이 촘촘히 나 있었다. 그곳에 발을 디디는 순간, 도무지 정체를 알 수 없는 어떤 기운이 나를 휘감아 골목 안으로 끌어당겼다. 판잣집 사이를 헤매다 다다른 골목 끝은 철길과 이어져 있었다. 철길 위에서 뒤를 돌아보았다. 잿빛 하늘과 닮은 빛바랜 슬레이트 지붕, 추저분한 시멘트 벽돌, 먼지 더께가 까맣게 쌓인 판잣집들이 단박에 내 마음을 사로잡았다. 무엇에 홀리기라도 한 듯 나는 그날로 철길 바로 옆 허름한 판잣집에다 방을 얻었다.

대충 도배를 하고 이사를 마친 첫날, 밤새 한잠도 자지 못했다. 낡아 빠진 슬레이트가 바람에 들썩이던 소리 탓도, 새벽녘 판잣집을 요람처럼 흔들고 지나가던 기차 탓도, 손가락만 한 바퀴벌레가 석석 소리를 내며 방 안을 기어 다닌 탓도 아니었다. 그 집이 낯설어서도, 앞으로 부딪쳐야 할 새로운 삶에 대한 설렘이나 두려움 때문도 아니었다. 까닭을 알 수 없는 눈물이 자꾸 흘러내렸다. 아주 오랫동안 그 집, 그 골목을 찾아 헤맨 끝에 마침내 몸을 누인 나그네처럼 나는 가슴이 뜨거워졌다.

이사한 뒤에도 한동안은 동네 골목보다는 길 위에서 보내는 시간이 더 많았다. 동네 밖은 노태우의 6·29선언, 이한열 노제, 노동자 대투쟁으로 뜨거웠으나 동네 안은 후텁지근한 공기가 무겁게 깔려 있을 뿐이었다. 공장의 기계 소리, 돗자리에 앉아 화투장을 두드리는 사내들의 욕지거리, 골목을 놀이터 삼아 뛰어다니는 아이들의 웃음소리, 삼삼오오 모여 마늘을 까는 여자들의 왁자그르르한 사투리는 골목 밖을 넘지 않았다. 그런데 골목길 밑바닥에 깔린 그 무기력감이 어딘가 모르게 익숙하고 편안했다. 골목 안에서 지내는 시간이 점점 많아졌다.

그해 8월 31일 오후. 태풍 다이나가 남부 지방을 덮쳤다. 저녁 무렵 실종자와 사망자가 늘고 있다는 라디오 뉴스에 귀를 기울이고 있는데, 주방과 벽을 맞대고 있는 뒷집에서 뭔가 부딪치고 깨지는 소리가 들렸다. 문득 그때까지 말 한번 섞어 보지 못한 뒷집 여자가 떠올랐다. 한여름에도 늘 긴팔 옷을 입고 모자를 푹 눌러쓰고 다니던 여자. 그 여자에게는 남매가 있었다. 다시 벽에 뭔가 부딪치는 둔탁한 소리가 났고, 뒤이어 비명이 들렸다. 벽이라고 해 봤자 시멘트 블록 한 장으로 대충 쌓은 집이라 평소에도 방귀 소리, 자명종 소리까지 다 들렸지만 그날의 소음은 예사롭지 않았다.

밤이 되자 한층 거세진 빗소리 사이로 흐느끼는 소리가 들렸다. 혹시나 하는 마음에 창문을 열어 보니 뒷집 여자와 여자아이가 문 옆에 쪼그리고 앉아 쏟아지는 비를 그대로 맞고 있었다. 밖으로 나가 두 사람을 집으로 데리고 들어왔다. 여자와 아이는 온몸을 사시나무 떨듯 떨었다. 마침 눅눅한 방을 말리려고 연탄보일러를 돌리고 있던 터라 보일러 공기구멍을 활짝 열었다. 둘은 방에 들어와서도 불안한 눈빛으로 서성였다. 아이는 입술이 파랗다 못해 하얗게 질려 있었다.

"이름이 뭐야?"

"정아요."

아이가 기어들어 가는 소리로 대답했다. 나는 대충 옷을 골라 아이와 여자에게 내밀었다.

"우선 옷부터 갈아입으세요."

"괜찮은데……."

"옷이 다 젖었어요. 애가 떨고 있잖아요."

여자가 잠시 망설이다가 아이의 젖은 옷을 벗겼다. 형광등 아래 드러난 일곱 살 아이의 맨몸은 온통 멍 자국으로 뒤덮여 있었다. 작은 몸뚱이는 여러 마리 뱀이 휘감고 있는 것처럼 불그스름하게 부어올라 있었고, 거기에는 푸른 멍과 검게 변한 멍이 가득했다. 여자도 나를 흘낏거리며 옷을 벗었다. 그 몸은 더 흉측했다. 멍만 있는 게 아니라 팔뚝과 어깨에 화산 분화구처럼 솟은 흉터들이 있었다. 담뱃불 자국이었다.

"제발……, 소문내지 말아요."

나는 고개를 끄덕였다.

"어쩌지? 열이 나네."

여자가 아이 이마에 손을 대며 울상을 지었다. 데운 우유와 감기약을 가져다주고 요를 깔아 주었다. 처음 집에 들어올 때만 해도 팽팽하게 날이 서 있던 아이 눈빛이 한결 누그러졌다. 아이에게 담요를 내주고 반창고와 연고를 꺼냈다. 여자 이마에서 피는 멈췄지만 벌어진 상처 틈으로 맑은 진물이 흘러나오고 있었다.

"뭐에 다친 거예요? 상처가 깊어요. 흉터가 심할 것 같은데……."

"괜찮아요. 금세 아물어요."

"병원에 가서 꿰매야 할 것 같아요."

"아니에요."

여자가 단호하게 말했다.

상처에 대충 약을 발라 주고 조심스레 말을 꺼냈다.

"저기 이런 거 사진 찍어 두면 나중에……."

"지금 무슨 말을 하는 거예요?"

여자가 정색했다.

"이 정도 폭력은 심각한 거예요. 이렇게 넘어가면 안 돼요. 아이 몸에 멍이랑 흉터를 보세요. 신고해야 해요."

"그냥 술 먹고 그런 거예요. 술 깨면 안 그래요."

더는 여자를 설득할 수 없었다. 막 잠이 들었던 아이가 눈을 떴기 때문이다. 여자는 담요를 끌어당겨 아이와 함께 덮었다.

"염치없지만……, 잠깐 눈 좀 붙일게요."

나는 두 사람이 자도록 내버려 두었다. 슬레이트 지붕이 날아갈 듯 바람이 거세지고, 빗줄기도 굵어졌다. 여자는 자정이 넘어서야 눈을 떴다.

"어머나, 세상에. 어떡해. 좀 깨워 주지 그랬어요."

나는 여자의 짜증에 좀 어리둥절했지만, 그보다는 늦은 시간에 집으로 돌려보내는 게 더 걱정되어 몇 번을 말렸다. 여자는 잔뜩 겁에 질린 얼굴로 아이를 둘러업으며 웅얼거렸다.

"외박했다고 지랄할 텐데……, 아, 정말."

여자는 기어코 아이를 업은 채 허청거리며 집으로 돌아갔다.

그날 밤, 나는 악몽을 되풀이해서 꾸었다. 비 오는 날 시궁창에 쓰러져 있던 재민이 엄마와 재민이. 실오라기 하나 걸치지 않은 채 쓰러져 있던 재민이 엄마 몸을 뒤덮고 있던 피멍들, 그 위로 내리지르던 미군의 군홧발. 끊겼다 이어졌다 되풀이되는 신음 소리, 원망에 찬 재민이 눈빛이 꿈속에서 되살아났다.

재민이 엄마가 미군한테 처참하게 맞아 쓰러졌던 날, 우리 집 마당에는 아줌마들이 모여 있었다. 텔레비전이 흔치 않던 때라 연속극 〈여로〉가 나올 시간이 되면 동네 사람들이 죄다 우리 집으로 몰려들었다. 우리 다섯 식구가 자기에도 비좁은 방에 동네 아줌마, 애들까지 들어와 텔레비전을 보는 것은 여간 곤혹스러운 일이 아니었다. 더욱이 날씨가 더워지면서 방 안은 온통 찜통이 되었다. 궁리 끝에 아버지는 툇마루 위에 선반을 만들어 텔레비전을 올려놓고 마당에 돗자리를 깔았다. 덕분에 우리 집 마당은 야외극장이 되었고, 집주인인 당고모는 어깨를 으쓱거리며 좋아했다.

골목 밖에서 아이 울음소리와 여자의 비명이 들린 것은 연속극 속 영구가 색시를 안고 울음을 터뜨릴 때였다. 하필 바로 대문 옆에 있던 나는 무심코 골목을 내다보았다. 군복을 입은 미군이 자기 몸의 반도 안 되는 재민이 엄마 몸에 올라타서 주먹질을 하고 있었다. 그 미군 뒤에서 눈물 콧물 범벅이 된 재민이는 겁에 질려 발을 동동 굴렀다. 나도 모르게 골목으로 나섰다가 깜짝 놀라 소리쳤다.

"엄마! 아부지! 재민이 엄마가 죽어요. 나와 보세요."

급작스레 대문이 열리고 당고모가 뛰쳐나왔다. 당고모는 재민이 엄마를 구하는 대신 내 뒷덜미를 잡아끌고 대문 안으로 들어갔다. 마당에서 텔레비전을 보던 사람들이 웅성거리고 엉거주춤 일어섰지만 아무도 밖으로 나가지 않았다.

"아부지! 아부지! 재민이도 죽으믄 어떡해! 아부지!"

아버지와 어른들 몇이 마지못해 골목으로 나갔을 때 이미 그 미군은 사라지고 없었다. 아버지는 시궁창에 처박혀 미동도 하지 않는 재민이 엄마를 둘러업고 서울병원으로 내달렸고, 뒤늦게 나온 엄마가 재민이한테 다가갔다. 재민이는 그 자리에서 오줌을 싼 채로 흐느끼고 있었다. 엄마는 재민이를 달래 집으로 들여보냈고 넋이 나가 땅바닥에 주저앉은 재민이 외할머니는 뒷집 아줌마가 부축했다.

그날 밤 이후 나는 오줌소태에 걸려 버렸다. 엄마가 데리고 간 한의원에서 할아버지 의사는 무엇엔가 단단히 놀라서 그렇다며 약을 지어 줬다. 나는 그 약을 먹을 때마다 선 채로 오줌을 쌀 만큼 겁에 질려 있던 재민이가 떠올랐다. 그리고 재민이 엄마가 그렇게 되도록 무심했던 엄마 아버지와 동네 사람들에 대한 실망으로 마음고생을 했다. 무엇보다 나를 괴롭힌 것은 잔뜩 겁에 질려 도움을 바라던 재민이 눈빛이었다.

새벽 내내 원망에 가득 찬 재민이 눈빛과 뒷집 아이 정아의 눈빛이 번갈아 어른거렸다.

날이 밝자 나는 정아네 집을 기웃거렸다. 혹시 더 큰 일은 없었는지 걱정스러웠다. 정오쯤 집 앞에서 정아 엄마와 마주쳤다.

"괜찮으세요?"

"네? 뭐가요?"

정아 엄마는 시치미를 뚝 떼고 딴청을 피웠다. 유치원에서 돌아오던 정아도 평소와 다름없이 생글거렸다. 그날 저녁, 자전거 핸들에 한약 봉지를 매달고 퇴근하는 정아 아빠와 마주쳤다. 아빠를 보고 뛰어온 정아는 반갑게 외쳤다.

"아빠, 이거 보약이야? 와! 이제 엄마 금방 낫겠다."

그러나 며칠 뒤 정아 엄마는 또다시 내 방으로 뛰어들었다.

"계속 이렇게 살 거예요? 정아를 위해서라도 이혼을 하는 게……."

"이혼해서 어떻게 살라구요. 애 둘을 어떻게 혼자 키워요. 술만 안 먹으면 괜찮아요. 남자들 술 먹으면 다 그렇잖아요."

"다 그렇지 않아요."

"아가씨는 아직 결혼을 안 해서 그래요. 아이 한둘 낳은 이들 중에 이만한 흉터 없는 여자가 어디 있겠어요? 다 그렇겠거니 하고 사는 거지. 정아 아빠는 이렇게 때려 놓고도 보약도 지어 오고, 상처도 치료해 주고 그래요."

정아 엄마는 놀랍게도 나와 동갑이었다. 중학교를 졸업하고 고향 언니 소개로 방직 공장에서 일하다가 정아 아빠를 만나 열아홉에 정아를 낳았다. 내가 만만했는지 정아 엄마는 그 뒤로도 무시로 우리 집으로 피난을 왔다. 그때마다 이혼을 권하는 내 말에 고개를 저었다.

"우리 엄마가 늘 그랬어요. 여자는 남자 그늘 밑이 가장 편하다고. 우리 엄마, 아버지 돌아가시고 혼자서 5남매 키우느라 얼마나 고생을 했는지 알아요? 아버지만 계셨으면 나도 고등학교 갔을 거예요. 아버지가 술만 드시면 엄마를 못살게 굴었지만 엄마가 그랬어요. 그 남편이라도 있던 때가 나았다고. 애들한테도 마찬가지예요. 아무리 못난 아비라도 있는 게 나아요. 아비 없는 자식은 기를 펴지 못해요. 애들 생각해서라도 참아야 해요."

정아 엄마 신념을 바꿀 길은 없었다.

정아가 초등학교에 입학할 즈음 나는 큰길가 외주물집으로 집을 옮기고 공부방을 열었다. 이 동네로 들어와 살았던 1년 남짓 되는 시간 동안 그곳에서 내가 할 수 있는 일이 무엇인지를 찾아내려 애썼다. 숨 막히던 80년대를 살아 나오면서 내가 간절히 원했던 변화, 혹은 변혁은 여의도나 청와대에 있지 않다는 것을 깨달았다. 그래서 그 뜨거운 거리를 뒤로하고 이 골목으로 들어올 수 있었다. 그러나 여기에서도 내가 할 수 있는 일이 무엇인지 쉽게 찾아지지 않았다. 그러다 알게 되었다. 일제강점기부터 대물림되어 온 것은 가난만이 아니라는 것을. 그로 인한 무기력과 폭력, 절망 역시 대물림되고 있었다. 정아를 만난 뒤 그 유산의 상속자가 될 아이들이 자꾸 걸렸다. 그 대물림을 끊을 길을 찾고 싶었다. 아니 대물림의 고리를 끊는 것만이 희망이라고 생각했다. 아이들과 함께할 길을 찾다 공부방을 떠올렸다.

아이들은 매를 맞아도, 넘치는 사랑을 받지 못해도, 영양이 부족해도 자란다. 깃 없는 어린 새는 몸을 보전하기 힘들다고 하지만 사람은 새보다 강했다. 정아도 그랬다.

정아가 중학생이 되자 정아 엄마는 봉제 공장에 취직했다. 야근하느라 집에 늦게 오는 날이면 여지없이 남편의 주먹이 날아들었지만 다행인지 불행인지 일을 그만두지는 않았다. 정아 아버지는 가끔 나가던 건설 현장 일용직마저 끊기자 도박꾼들이 모이는 '하우스'를 오가며 빈둥거렸다. 정아 엄마가 버는 돈이 그 집의 유일한 수입이었다.

정아

    고등학교 진학을 앞두고 정아는 인문계를 갈지 전문계를 갈
지 고민했다. 그런데 뜻밖에도 정아 엄마는 단호했다.

    "인문계 보낼 거예요. 정아는 나처럼 살지 않게 할 거예요."

    다 죽어 가던 나무에도 새싹이 돋을 수 있다. 일을 하면서 정
아 엄마에게 작게나마 힘이 생겼고, 그 힘이 희망을 품게 했다.
정아도 한층 밝아졌다. 그런데 아이엠에프 경제 위기로 정아 엄
마가 다니는 봉제 공장도 일거리가 줄면서 월급이 반 토막 났다.
정아는 인문계로 진학하기로 한 걸 후회했다. 그러나 정아 엄마
는 달랐다.

    "걱정 마. 요즘 일이 없어 5시면 끝나니까 부둣가 횟집에서 설

거지 일 도와주기로 했어. 너만큼은 대학에 보낼 거야."

그렇게 정아는 인문계 고등학교 학생이 되었다. 어느 날 정아
가 으쓱해서 말했다.

"선생님 있잖아요. 수업 끝나고 마을버스 타고 오면 우리 동네
에서 내리는 애들은 다 전문계 애들이에요. 나만 빼고요. 엄마
한테는 미안하지만 그때마다 은근히 기분이 좋아요. 어쩌면 나
는 대학에 가고, 내 꿈도 이루고, 이 동네를 벗어날 수 있을 것
같아요."

"네 꿈이 뭔데?"

"선생님이요. 저는 초등학교 선생님이 될 거예요."

"그럼 공부 진짜 열심히 해야 해."

"당연하죠."

정아는 날마다 공부방에서 자정이 넘도록 공부를 했다. 첫 중
간고사 성적으로는 정아의 꿈이 이루어질 수 있을 것 같았다.
그러나 그 꿈은 석 달 만에 무너졌다. 여느 날과 같이 공부방에
와서 조용히 문제집을 풀던 정아가 남 말 하듯 말했다.

"엄마가 집을 나갔어요. 엄마가 3년 동안 부은 적금을 아빠가
가져가서 도박을 했대요."

정아 얼굴에서는 아무런 감정을 읽을 수가 없었다.

"뭐라고? 뭐라고 하고 나갔어?"

"몰라요. 집에 갔더니 정수가 울고 있었어요. 정수한테 그랬대요. 엄마가 돈 벌어서 저랑 정수 데리러 올 거라고. 그때까지 기다리라고."

"아빠는?"

"엄마 찾아서 죽인다며 나갔어요."

"정아야, 너 괜찮아?"

"네, 괜찮아요. 언젠가는 엄마가 나갈지도 모른다고 생각하고 있었어요. 이 동네에 그런 집 많잖아요. 나는 엄마 원망 안 해요. 진짜예요. 나 같아도 그랬을 거예요."

정아 아버지는 몇 달을 정아 엄마 찾겠다고 난리를 피우더니 다시 도박 하우스에 눌러앉았다. 정아는 대학을 포기하고 아르바이트를 한 돈으로 주말에 회계와 컴퓨터를 가르치는 학원에 다니기 시작했다.

"졸업하고 곧장 취직할 거예요."

그 뒤로 정아는 친구네 집에서 자고 오는 날이 늘었고, 버스 정류장까지 따라오는 남학생들이 심심치 않게 바뀌었다. 하루는 제 엄마가 그랬듯이 새벽에 공부방으로 뛰어 들어와 벌벌 떨었다.

"아빠가 내 알바비를 내놓으라고."

정아 어깨와 등허리에 시퍼런 멍이 들어 있었다.

"정아야, 집 나와. 엄마도 없는데 왜 거기서 못 나와?"

"제가 나오면 정수는 어떻게 해요?"

"정수한테는 손 안 대잖아."

"아니요. 정수를 아빠랑 둘이 놔둘 수는 없어요. 정수도 아빠처럼 될지 몰라요."

"정수는 내가 돌볼게."

"아빠가 정수는 절대 안 내놓을걸요. 정수 고등학교 졸업할 때까지만 참을 거예요."

정아는 아버지와 세상을 사이에 두고 아슬아슬 줄타기를 했다. 다행히 줄에서 떨어지지는 않았다. 정아는 그렇게 위태로운 어름사니 노릇을 하며 고등학교 시절을 보냈다.

정아가 졸업할 무렵, 아이엠에프 동안 문을 닫았던 공장들이 다시 하나둘 문을 열고 직원을 모집했다. 동네 사람들 대부분이 2년 전에는 정규직으로 일하던 회사에 1, 2년 계약직이 되어 돌아갔다. 직원 두세 명을 두고 기업의 하청 공장을 운영하던 사람들도 일거리를 중국에 뺏기고 계약직 노동자가 되었다. 노는 사람보다 일하는 사람이 늘었지만 형편은 나아지지 않았다. 그 와중에 큰길가 오래된 집들이 헐리고 다세대 주택이 들어섰다.

무엇보다 큰 변화는 동네에 이주 노동자들이 늘어난 것이었다. 사람들이 다세대 주택으로 떠나고 남은 낡은 빈집을 인근 공장에서 기숙사로 임대해 이주 노동자들이 들어와 살기 시작했다. 시장 골목이나 동네 슈퍼에서 마주치는 이주 노동자들은 대부분 동남아시아에서 온 듯 얼굴이 까무잡잡하고 몸집이 작았다. 그러나 그들을 더 작게 만드는 것은 그들을 대하는 주민들의 따갑고 차가운 시선이었다.

"공부방 선생님은 영어가 좀 되겠지?"

밑반찬을 사러 들어간 반찬 가게 주인이 넌지시 물었다.

"저도 잘 못해요."

"그래도 무식한 우리보단 낫겠지."

"왜 그러시는데요?"

"뒷방에 인도 사람들이 세 들어 살거든. 이 사람들이 착하긴 엄청 착한데 잘 씻지를 않아. 쓰레기도 제대로 안 치우고. 그리고 맨날 카레만 해 먹어. 인도 카레, 카레 하더니 진짜로 카레만 먹는다니까. 온 집 안에 카레 냄새가 진동해. 한국말은 거의 못하니 뭐라고 할 수도 없고. 선생님이 집 안도 치우고, 카레 냄새 좀 안 나게 하고, 쓰레기 처리 좀 제대로 하라고 해 주면 안 될까? 인도 사람들은 영어 쓴다며?"

나는 몇 번 손사래를 치다 가게 뒤 인도 노동자들이 사는 곳으로 끌려갔다. 겨우 3평 남짓 되는 방에서 네 명이 사는데 주방도 따로 없었다. 밤늦은 시간이라 그런지 인도 청년 넷이 모두 집에 있었다. 그들 중 셋은 아예 영어를 하지 못했고, 다행히 한 명만 더듬더듬 할 줄 알았다. 발음은 좋지 않았지만 그 편이 내게는 오히려 나았다.

서툰 영어로 내 소개를 하고, 주인의 부탁을 전하는 데만 한 시간이 넘게 걸렸다. 주인이 카레 냄새 난다고 질색한 음식은 인도 사람들이 '달'이라고 하는 것이었다. 그들은 내게 말린 콩과 향신료를 내밀었다. 렌틸콩이라는 것을 물에 불린 뒤 갈아서 향신료를 섞어 밥에 부어 먹는 음식이라고 했다. '달'은 그들이 먹는 유일한 단백질 음식이라고 했다. 나는 주인한테 그들에게 '달'이 얼마나 중요한 음식인지 설명하려 애썼지만 주인은 내 말을 대충 듣고는 간단하게 대답했다.

"그러니까 고것이 우리 김치나 된장 같은 거구먼. 그걸 못 먹게 할 순 없지. 2년만 있겠다고 했으니 참아야지 뭐."

그렇게 이주민들이 골목 안으로 들어와 삶의 자리를 공유하기 시작했다. 하지만 사람들은 그들에게 곁을 내주지 않았다.

정아는 고등학교를 졸업하고 화장품 부재료를 만드는 회사에 경리로 취업을 했다. 정아는 제 엄마가 그랬듯 집과 회사를 시계추처럼 오갔다. 이따금 출근길에 버스를 기다리는 정아를 보면 넋이 나간 사람처럼 먼눈을 팔고 있었다. 나는 정아가 갈망으로 가득 찬 눈으로 먼 하늘을 바라볼 때마다 등을 떠밀어 어디로든 떠나게 하고 싶었다.

아주 어렸을 때도 그렇게 먼 곳을 향해 있는 여자들 눈빛을 본 적이 있었다. 보산리 골목 나무의자에 앉아 해가 떨어지기를 기다리던 기지촌 여자들도 늘 골목 너머, 남산머루 너머 먼 하늘을 바라보고 있었다.

평소 여자들 눈은 술기운으로 늘 빨갛게 충혈되어 있고 총기가 하나도 없었지만, 그 골목 너머를 바라볼 때만은 달랐다. 나는 여자들 눈빛에서 자유에 대한 갈망을 읽을 수 있었다. 하지만 보산리 골목에 어둠이 내리면 여자들은 짙은 아이라인과 긴 속눈썹으로 그 갈망을 숨긴 채 클럽으로 거리로 나갔다. 여자들은 도시의 비둘기처럼 자기 둥지를 벗어나지 못했다.

나는 아침마다 버스에 오르는 정아 뒤에서 빌었다. 저녁이 되고 밤이 되어도 이 동네로 돌아오지 말기를, 제 아비의 폭력이 닿지 않는 곳으로 날아가기를 바랐다. 정아만은 도시의 비둘기처럼 살지 않기를 바랐다. 하지만 밤 아홉 시가 되면 정아는 어김없이 버스에서 내려 비칠비칠 집으로 돌아갔다.

그런 정아 얼굴에 조금씩 그늘이 사라지고 눈빛이 살아나기 시작한 것은 올봄부터였다. 나는 그냥 정아가 새로운 연애를 시작했나 하고 생각했다. 그런데 저녁에 우연히 목욕탕에서 정아와 마주치고 나서야 정아의 변화가 예사로운 일이 아니라는 것을 알게 되었다. 한두 달 사이 정아의 옷차림이 바뀐 것이 계절 탓이라고만 생각했는데, 정작 바뀐 것은 정아의 몸매였다.

"어떤 사람이니?"

정아는 겁에 질린 얼굴로 큰 눈에 눈물이 가득 고인 채 아무 말도 하지 않았다.

"병원에는 가 봤어?"

몇 번이나 다그쳐 물어도 대답을 않던 정아가 한참 만에 겨우 웅얼거리듯 내뱉은 건 아기를 낳겠다는 말이었다.

"아기를 낳는 문제는 나중에 얘기하자. 도대체 아기 아빠가 누구니?"

정아는 다시 입을 꽉 다물고 있다가 채근에 못 이겨 겨우 말을 했다.

"우리 회사 사람이에요."

"너희 회사? 거기서 무슨 일 하는데?"

"기계 만지고, 상차도 하고……."

"몇 살인데?"

정아가 눈을 치떠 나를 보다가 고개를 숙이며 말했다.

"스물일곱요."

어눌하게 나이를 말하고 나서 정아는 뭔가 더 할 말이 있는 것처럼 우물쭈물하다가 다시 입을 뗐다.

"저, 그 사람, 선생님도 아는 사람이에요."

"뭐라고?"

"저기, 저 고3 때 이주민 축제 가서 만났던 사람이요. 타파요. 네팔 사람 있잖아요. 넥타이 공장 다닌다고 했던, 제가 잘생겼다고 했던 사람이요."

"타파?"

아슴푸레하게 타파란 이름이 떠올랐다. 몇 년 전 후배가 일하는 이주 노동자 센터에서 축제를 연 적이 있었다. 그때 정아를 데리고 축제에 갔었다. 정아가 좀 더 넓은 세상과 다양한 사람들을 만나게 해 주고 싶었다. 후배는 정아에게 네팔 노동자들 음식 부스에서 일을 도와 달라는 부탁을 했고, 정아는 제법 잘도왔다. 그러면서도 정아는 틈틈이 축제를 즐겼다. 태국 노동자들이 준비한 송끄란 축제에 가서 물세례를 받고, 몽골 씨름판에 가서 구경하기도 하고, 어디선가 타투를 하고 와 자랑스럽게 팔을 내밀기도 했다. 정아는 하루 종일 네팔 노동자들과 스스럼없이 어울렸다. 그날 이후 정아는 내가 후배를 만나러 간다 하면 선뜻 따라나섰다.

"이주 노동자들이랑 얘기하면 내 처지랑 다름없다는 생각이 들어요. 거의 다 가족들을 위해 연수생으로 온 거예요."

나는 정아가 이주 청년들과 만나면서 자신의 처지에 순응하고 불편함을 견디기보다 함께 맞서고 싸우는 힘을 갖기 바랐다.

정아는 고등학교를 졸업하고는 주말에 가끔 가던 그곳에도 갈 수 없었다. 회사에서 늘 야근이었고 주말에도 쉬는 날이 드물었다. 아이엠에프 전에는 세 사람이 하던 일을 정아가 입사한 뒤로 두 사람이 하다 보니 늘 일이 많다고 했다. 정아는 몇 년째 집과 회사를 오가다 주말이면 하루 종일 자는 일상을 되풀이하고 있었다. 그런데 타파라니 놀라웠다.

"너, 그 타파란 사람이랑 계속 연락하고 만났어?"

"아니요. 그 사람이 작년에 우리 회사로 왔어요. 안산에서 다니던 공장이 중국으로 옮기는 바람에 재작년 여름에 일을 그만 뒀대요. 그리고 안양, 남동공단, 부천을 거쳐서 여기까지 왔대요. 손가락도 하나 잃었더라고요. 처음에는 타파인지 몰랐어요. 너무 달라졌더라고요. 말라서 쌍꺼풀이 두 겹이 됐어요. 눈 밑도 시꺼메지고, 머리도 부스스하고. 그런데 그 사람은 단번에 날 알아봤대요. 선생님, 선생님은 운명을 믿으세요?"

"운명? 타파가 운명이라는 거야?"

"그 사람은 자기와 내가 운명적으로 만나게 되어 있었다고 믿어요. 처음에는 그런 거 안 믿었어요. 선생님도 저 알잖아요. 제가 웬만해서는 마음을 못 여는 거요. 그런데 타파는 달랐어요. 머리로는 '이런 건 사랑이 아니다, 이 사람은 아니다' 그러는데 자꾸만 그 사람한테 마음이 가는 거예요.

고3 때 선생님이 그랬죠? 대학 가는 거 말고도 사람답게 행복하게 살 수 있는 길이 많다고. 저, 그 말 하나도 안 믿었어요. 선생님이 정말 중요한 건 내가 나다워지는 거고, 당당해지는 거라고 아무리 말해도 귀에 안 들어왔어요. 노동자가 되기 싫었고, 구질구질하게 살기 싫었어요. 저는 폼 나게 살고 싶었어요. 아니 평범하게 살고 싶었어요. 다른 애들처럼 대학에 가고, 좋은 데 취직하고, 번듯한 남자친구도 사귀고, 놀이공원으로 데이트도 하러 가고, 명품 옷이랑 가방도 사고. 맨날 아르바이트에 지쳐 있거나 노래방에서 죽치고 있는 남자애들 말고 좋은 대학 다니고 부잣집 아들인 멋진 남자친구를 만나고 싶었어요. 그래서 딱 3년만 죽어라 일해서 대학 갈 거로 생각했단 말이에요."

"그런데?"

정아는 딱딱하게 되묻는 나를 흘끗 올려다보더니 수줍게 웃었다.

"그런데 이제는 안 그래요. 타파를 만나면서 선생님이 말했던 게 생각났어요. 뭐가 되는 것보다 나다워지는 거, 내가 정말 원하는 게 뭔지 아는 게 중요하다는 것을요."

"정아야, 내가 말한 너다워지는 거, 당당하게 사는 건 네가 아무런 미래도 없는 이주 노동자랑 연애하고, 그래서 스물둘에 덜컥 임신을 해서 애 엄마가 되라는 건 아니었어."

정아 얼굴이 굳어졌다.

"아무 미래도 없는 이주 노동자라니요? 그럼 전 뭔데요? 전 미래가 있어요? 선생님 후배처럼 이주 노동자를 돕는 활동가는 괜찮고, 이주 노동자를 사랑하고 그 사람 아이를 갖는 건 안 돼요? 도대체 뭐가 달라요? 선생님도 다른 사람들과 똑같아요. 선생님만은 저랑 타파 관계를 이해할 줄 알았어요. 제가 선생님한테 말을 못 한 건 다만, 덜컥 임신부터 했기 때문이었어요."

경멸하듯 쏘아보는 정아 눈에는 눈물이 가득했다. 나는 결기 어린 정아 말에 아무 말도 하지 못했다. 나는 정아가 제 엄마처럼 될까 걱정스러웠다. 타파란 청년이 정아 아버지처럼 발목을 잡아끄는 늪이 될까 두려웠다. 그러나 나는 변명조차 못 했다. 정아 말이 맞았다. 표리부동한 내 모습에 나도 놀랐다.

"저는요, 타파를 사랑하게 된 게, 타파가 좋은 사람이라는 걸 알게 된 게 선생님 덕분이라고 생각했어요. 그래서 고마웠거든요. 선생님 덕분에 엄마 아빠랑 다르게 살 수 있다고 생각했는데……. 정말이에요. 선생님을 안 만났다면, 타파를 안 만났다면, 다른 애들처럼 명품 가방에 매달리고 대학 가려고 발버둥치며 학원 다니고 아등바등 살았을 거예요. 분명히."

나는 아무 말도 할 수 없었다.

"처음에는 저도 타파를 그냥 불쌍하게만 여겼어요. 불법체류자에 오른쪽 손가락은 네 개뿐인 장애인이라서. 처음엔 그냥 고향에 돌아가라고 했어요. 얘길 들어 보니까 안산에서 한 3년 회사 다니면서 월급 제대로 받을 때는 한국 올 때 진 빚도 갚고 네팔에 집도 다시 짓고 동생들 공부도 시키고 그랬대요. 아버지가 땅도 조금 사 놨다고 하더라고요. 그런데 왜 여기 있냐고 하니까 아직도 공부해야 할 동생들이 많다는 거예요.

그냥 화가 났어요. 학교 다닐 때 사회과부도에서나 봤던 그 네팔이란 나라에서 온 장남도 가족을 위해 희생한다는 게 짜증이 나더라고요. 꼭 그 사람이 나 같아서, 바보 같아서요. 그래서 그냥 가라고 이제 할 만큼 하지 않았느냐니까 그 사람이 그러는 거예요. 솔직히 스무 살에 와서 8년을 산 한국을 떠나 고향에 가서 살 자신이 없다고. 그리고 자기랑 같은 처지에 있는 동료들을 두고 갈 수 없다고 말이에요. 처음에는 그게 무슨 소리인 줄 몰랐어요.

있잖아요, 선생님. 그 사람 계급이 크샤트리아래요. 카스트

계급에서 두 번째요. 법으로는 계급이 없어졌지만 아직도 차별이 있대요. 타파 체트리란 이름 중에 체트리가 성인데 계급을 나타낸대요. 요즘은 네팔도 높은 계급이라고 다 잘사는 거 아니라서 타파도 가난했대요. 그래도 체트리란 계급 덕분에 한국 오기 전까지는 차별 같은 걸 느끼지 않았대요. 타파는 한국에 와서 차별을 받으면서 뼈저리게 느꼈대요. 사람답게 사는 게 얼마나 중요한지, 돈이나 계급으로 사람을 나누는 게 얼마나 비참한지 말이에요. 네팔에서도 막연하게 계급 차별에 대해 문제를 느끼긴 했지만, 자기와 다른 계급 사람들한테 우정을 느낀 적은 없었대요. 그런데 한국 와서 네팔에서 온 사람들에게 처음으로 형제애를 느꼈대요. 한국에서도 네팔 사람들은 다른 계급끼리 잘 못 어울린대요. 시간이 지나면 같이 모여 서로 돕고 문제를 해결하기도 하지만 아직도 계급을 따지는 사람이 많대요.

타파는 한국에 온 네팔 사람들끼리라도 서로 도움을 주고받는 모임 같은 걸 만들고 싶어 해요. 처음에는 남 걱정을 하느냐고 타박도 했어요. 솔직히 아직도 타파를 다 이해할 수 없어요. 근데 그건 제가 이기적이라서 그런 거 같아요. 타파는 내가 얼마나 소중한 존재인지 가르쳐 준 첫 번째 사람이에요. 아니 두 번째요. 선생님이 있으니까. 선생님이 제게 알려 준 건 머리로 깨닫고 뭔가 결정할 때 머뭇거리게 하는 거였어요. 하지만 타파는 달라요. 타파는 마음과 몸을 먼저 움직이게 만들어요."

타파 이야기를 하는 동안 정아는 자기도 모르게 움츠렸던 어깨가 펴지고, 창백하던 얼굴도 발그스름하게 살아났다. 정아는 타파를 통해 이제까지 경험해 보지 못한 새로운 세계로 들어가 있는 것 같았다. 그런데도 나는 자꾸만 의심이 들었다. 지금 발을 디딘 그 세계가 정아가 머물러도 될 만큼 안전한 곳인지, 정아의 상처를 덧나게 하는 건 아닌지 혼란스러웠다.

"학교 다닐 때 어떤 선생님이 그랬어요. 가장 어렸을 때 기억이 무엇인지 알면 그 사람 심리 상태를 알 수 있다고요. 제 어릴 적 첫 기억이 뭔지 아세요? 엄마랑 제가 방에 갇혀서 아빠한테 허리띠로 맞는 거예요. 그럴 때마다 저 자신을 경멸하고 증오했어요. 그냥 그렇게 매 맞기 위해 태어난 사람 같았어요. 아버지는 엄마를 죽도록 팬 다음에 방으로 데리고 가서 문을 잠갔어요. 조금 있으면 엄마 비명과 신음 소리가 들렸죠. 그게 무슨 소리인 줄 몰랐어요. 아버지가 엄마를 또 때리나 보다 했죠. 나중에야 알았어요. 아빠가 엄마를 강간한다는 것을요. 무서운 생각이 들었어요. 혹시 나도 저렇게 해서 태어난 게 아닐까?

언제부턴가 내가 태어나서 엄마가 저런 고통을 당한다고 생각했어요. 엄마가 집을 나가고 싶어도 나랑 정수 때문에 못 나간다고 그랬거든요. 엄마는 아빠한테 그렇게 당하고 나면 잠든 나를 깨워서 부엌으로 데리고 나갔어요. 거기서 나를 씻겼어요. 비누 거품을 잔뜩 묻힌 타월로 내 사타구니를 빡빡 닦았죠.

처음 생리하던 날 선생님이 축하한다고 속옷을 사 줬죠? 근데 저는 그게 왜 축하할 일인지 전혀 몰랐어요. 내가 여자인 게 너무 싫었으니까. 아버지한테 맞고 나면 방에서 숨죽여 울면서 생각했어요. 내가 남자로 태어났다면 그래서 아버지보다 힘이 더 세다면 엄마를 구해서 나갈 수 있을 거라고. 엄마가 집을 나갔을 때, 저는 버림받았다는 생각보다 어깨 위에 얹혀 있던 무거운 짐 하나를 내린 것 같았어요. 늘 엄마를 지켜야 한다는 생각에 억눌려 있었거든요.

처음에 타파가 저를 좋아한다고 했을 때 그 말을 믿지 않았어요. '그냥 자기가 외롭고, 내가 만만해 보이니까 쫓아다니는 거겠지.' 그랬어요. 중고등학교 때 쫓아다니던 실없는 남자애들처럼요. 나는 누구한테 사랑받을 자격이 없는 사람이라고 생각했던 거 같아요. 그래서 타파한테 말했어요. 타파가 아는 코리아는 부자일지 몰라도, 나는 빈털터리 가난뱅이라고. 나는 어떤 문제도 해결해 줄 수 없다고. 오히려 내가 문제투성이라고. 그래도 알아듣지 못해서 다 얘기해 줬어요. 우리 아버지가 나하고 엄마한테 휘두른 폭력에 대해서, 그리고 내 몸의 흉터를 보여 줬어요. '봐라. 이래도 날 좋아한다고 할 거냐?' 하는 마음으로요. 그런데 내 흉터를 보면서 타파가 막 우는 거예요. 내가 얼마나 아팠을지, 얼마나 무섭고 두려웠을지 알 거 같다면서. 그러면서 자기가 쏘리, 쏘리, 아임 쏘리 그러는 거예요. 그런데 그 말에 막 눈물이 났어요. 도무지 참을 수 없을 정도로 가슴속에서 뜨거운 게 올라오는 것 같았어요. 타파가 그러더라구요. 자기네도 그렇게 여자들을 존중하지 않는 문화가 있다고. 어렸을 때는 그게 왜 나쁜 건지 잘 몰랐다고. 한국 와서 공장에서 일하면서 여자 동료들이 그렇게 취급받는 걸 보면서 부당하다는 걸 알았대요. 타파가 그랬어요. 자신감, 자존감이 없는 사람들이 자기보다 약한 사람들한테 폭력을 휘두르는 거라고. 우리 아버지가 사실은 비겁하고 약한 사람이라고. 그 말에 고개가 끄덕여지더라고요."

나는 내 앞에 있는 이 아이가 20여 년 전 제 아비가 휘두른 허리띠에 맞아 온몸이 상처투성이였던 그 아이라는 것이 믿기지 않았다. 정아는 정말로 사랑에 빠져 있었다. 두려웠다. 그 사랑이 정아를 가두는 올가미가 될까 두려웠다. 타파와 정아를 닮은 아이를 그려 보았다. 한국말을 하고, 김치를 먹고, 유치원에 다니고, 초등학교에 다니는 것을 상상했다. 아무리 세상이 변했다 해도 혼혈인을 향한 편견은 바뀌지 않았다. 정아와 정아의 아기, 그리고 타파가 겪을 고통에 가슴이 미어졌다. 그래도 셋이 함께 겪는다면 다를까? 오래전 재민이와 재민이 엄마가 겪었던 그 아픔을 정아는 되풀이하지 않을 수 있을까? 이 땅에 진저리를 치며 떠나갔던 윤희 언니의 그 상처를 되풀이하지 않을 수 있을까?

정아도 나도 지쳤다. 벽에 기대 잠든 정아를 바라보다 나도 모르게 잠이 들었다. 깜박 잠을 자는 동안 나는 또다시 보산리 기지촌으로 갔다. 그리고 그 골목을 헤맸다. 시커멓고 덩치 큰 사내들이 골목에 쓰러진 여자들을 밟고 지나갔다. 골목을 벗어나려 아무리 애를 써도 골목은 출구 없는 미로처럼 끝이 없었다. 가위에 눌려 허우적거리는 나를 깨운 건 정아였다. 출근하는 정아에게 전날 먹던 국에 대충 밥을 말아 먹였다.

정아가 나간 뒤 멍하니 방구석에 앉아 있다 차 열쇠를 꺼내 밖으로 나왔다. 행주대교 방향으로 차를 몰았다. 동두천으로 가야 했다. 더는 빠져나오지 못하는 미로를 헤매고 싶지 않았다. 이제 그 골목으로 되돌아가야 할 것 같았다.

임경숙

정확히 26년 만이다. 강산이 두 번도 더 변했다. 송추 유원지를 지나 의정부시로 들어서자 차가 막히기 시작했다. 창밖을 보니 왼쪽으로 캠프 레드클라우드 정문이 보였다. 정문 앞은 마치 9·11테러가 일어난 뉴욕 어디쯤인 것처럼 무장한 헌병들로 살벌했다. 문득 지난여름 효순이, 미선이 사건이 떠올랐다. 의정부를 빠져나가 양주 군청을 지나는 동안, 이따금 위압적인 미군 트럭들이 눈에 띄었고, 미군부대 철조망이 보였다. 26년이 지났건만 어릴 적 경원선 열차를 타고 지나며 보던 풍경과 거의 변한 게 없다. 간혹 산허리까지 지어진 아파트들이 눈에 띄는 것을 빼고는 같은 산, 같은 들이 이어졌다. 가슴이 들썩거리기 시작했다. 의정부와 동두천 경계에는 여전히 해태상이 서 있었다.

26년 전 기차를 타고 떠나면서 다시는 동두천으로 돌아오지 않으리라 다짐했다. 그런데 사춘기를 지나고 난 뒤 어느 때부터 인가 꿈만 꾸면 나는 무시로 보산리에 가 있었다. 꿈속의 골목에서는 미군들과 양색시들이 어울려 휘청거리고, 개기름이 흐르는 살찐 포주들이 얼굴이 누렇게 뜬 양색시들 머리채를 잡아 흔들고 있었다. 막다른 골목에서 해자는 미군에게 쫓기고, 침대에 누운 윤희 언니 몸에서 계속 흑인 아기가 나왔다. 악몽이었다. 영문을 알 수 없었다. 왜 자꾸 꿈을 꾸는지, 꿈에서 기지촌 골목을 벗어나지 못하는지.

동두천을 떠난 뒤 그리워했던 고향의 모습은 기지촌 골목이 아니었다. 동두천은 소담스러운 소읍의 풍경과 농촌의 정취가 살아 있는 곳이었다. 봄나물을 캐러 다니던 방죽골의 노란연둣 빛 생강나무 꽃, 개나리 담장과 뒷산 진달래가 어지럽던 밤골, 송사리를 잡으며 빨래를 하던 큰 개울 신천, 아까시나무 향기에 취해 친구들과 자전거를 타던 소요산 계곡과 사기리, 상패리의 황금벌판, 코스모스가 춤을 추던 평화로, 먹 감으러 한 시간씩 걸어갔던 모래내 개울과 해 질 녘 학교 뒷산에 앉아 보던 석양, 콩닥콩닥 뛰는 가슴을 끌어안고 문 열기를 기다리던 아담한 우체국……. 내가 그리워했던 동두천의 모습은 그런 것이었다.

그러나 꿈만 꾸면 한없이 그립고 아름답던 그 풍경들이 모두 다 사라져 버리고 삭막하기만 한 기지촌 풍경이 펼쳐졌다. 빨래를 하던 큰 개울가에는 봉암리에서부터 온 장갑차들이 줄을 잇고, 하늘에선 메뚜기처럼 생긴 헬리콥터에서 하얀 낙하산이 끊임없이 떨어져 내렸다. 기지촌의 이런 풍경은 낮에는 내 의식 아래 똬리를 틀고 있다가 밤만 되면 나를 끌어내렸다.

낡은 내 소형차가 기차역을 지났다. 그 옛날 어수동역이라는 팻말이 붙어 있던 일본식 목조건물 대신 현대식으로 단장한 역은 이제 동두천 중앙역이 되어 있었다. 어딘가에 있을 어수동 우물을 찾아 두리번거리다가 동두천에서 가장 큰 번화가인 중앙로로 접어들었다. 버스 터미널을 지나고 중앙시장 옆을 지날 때까지 나는 그곳이 26년 전 그 버스 터미널과 중앙시장이라는 것을 알아채지 못했다. 중앙로를 빠져나와 맞은편에 보이는 서울병원을 보고서야 내가 지나온 길이 옛 큰길이었음을 깨달았다. 주택가였던 서울병원 뒤로 큰길이 나 있었다. 우리 집은 이미 헐리고 없을 것이었다.

서울병원 앞 사거리에서 좌회전하자 오른쪽으로 동두천 성당이 보였다. 경숙이와 해자, 그리고 윤희 언니를 위해 무릎 꿇고 기도했던 성당은 붉은 벽돌로 새로 지은 큰 성당이 되어 있었다. 성당 문은 높은 계단 위에 있었다. 어린 시절의 성당도 저렇게 높은 계단 위에 있었는지 기억이 가물가물했다. 성당 문이 저렇게 높았다면 쉽게 문을 열고 들어가 손을 모으고 기도를 하지 못했을 것 같다. 성당 옆에는 문화극장이 그대로 있었다. 어느 날인가 재민이와 함께 〈메리 포핀스〉를 조조부터 마지막 회까지 보았던 곳이다. 그때는 극장 앞 공터가 꽤 넓었는데 지금 보니 겨우 차 서너 대 주차할 정도였다. 가슴이 일렁이기 시작했다. 문화극장 안으로 들어가 점퍼 깃을 올리고 앉아 언 발을 동동거리며 영화를 보고 싶었다. 하지만 뒤따르던 차들의 경적에 놀라 부리나케 극장을 지나쳐 경원선 철도 건널목을 지나고 말았다. 드디어 모교가 있는 평화로에 들어섰다. 새 건물이 들어선 초등학교를 빼고는 학교 앞 풍경도 그다지 변한 게 없었다. 여전히 낮은 단층짜리 상가가 다닥다닥 붙어 있고 소박한 문방구와 학원들이 들어서 있었다.

몇 학년 때쯤이었을까? 박정희 대통령이 미 2사단을 시찰한다며 지나가던 날, 우리는 오전 수업도 제치고 이 길에 나와 태극기와 성조기를 흔들었다. 언제 지나갈지도 모르는 대통령 행렬을 기다리느라 지친 아이들은 선생님 눈을 피해 학교 앞 문방구로, 구멍가게로 들어가기 시작했다. 문방구 한구석엔 아이들 주린 배를 채워 주던 걸레빵이 있었다. 10원만 내면 라면 봉투에 가득 담아 주던 걸레빵은 미군부대에서 일하는 한국인 군무원들이 식당에서 몰래 빼돌린 찌꺼기 빵이었다. 운 좋으면 부드러운 케이크 부스러기도 걸리고 짭짜름한 모닝빵도 통째로 걸렸다. 난 그 걸레빵을 사 먹을 수 없었다. 아버지가 양키들 먹던 쓰레기를 돈 주고 사 먹으면 그날로 내 딸이 아니라고 으름장을 놓았기 때문이다. 그런데 왜 그렇게 그 걸레빵이 먹고 싶었던지. 아버지 말대로 그 빵이 쓰레기통에서 골라낸 것이라 해도 꼭 한번은 먹고 싶었다. 주머니에 10원짜리가 짤랑거리는 날엔 더 안달이 났다.

마침 그날, 내 주머니엔 동전이 있었고 태극기를 들고 대통령을 기다리는 건 너무 지루하고 짜증 났다. 나는 친구들 틈에 끼어 문방구에 들어가고야 말았다. 그날 저녁, 아버지에게 처음으로 종아리를 맞았다. 내가 걸레빵을 사 먹은 것을 옆집 아이가 엄마에게 일러바쳤기 때문이다. 미군들 밑에서 종노릇을 하는 것은 애비 하나로 족하다고, 너희들까지 거지 노릇을 해야겠느냐고 아버지는 노발대발했다. 아버지가 뭐라고 하건 나는 미군부대에서 나온 소시지와 햄으로 반찬을 해 먹는 다른 집들이 부러웠다. 아무리 싸구려라 해도 미제 타이맥스 시계를 차고 다니는 친구들이 부러웠다. 미군부대에 다니는 아버지를 둔 덕분에 피아노 학원에 다니고 새 집으로 이사를 가는 친구들을 보면 똑같이 미군부대에 다니는데도 늘 가난한 우리 집이 창피했다. 그러면서도 아직 소시지 하나 못 먹어 봤냐고 놀리는 친구들 앞에서 나는 미군들이 먹다 버린 쓰레기는 안 먹는다고 짐짓 당당한 척을 했다.

학교 앞에서 천천히 차를 몰아 보산리 쪽으로 올라갔다. 26년 만에 지나는 미 2사단 앞길은 여전히 '퀸스타, 챔피언 숍, 군숍, 영스타' 따위 간판을 단 상가가 자리를 지키고 있었다. 화려한 빛깔의 티셔츠나 트레이닝복들을 파는 가게, 크리스털이나 돌, 나무 따위로 만든 조잡한 기념품을 파는 가게도 변함이 없었다. 캠프 케이시 정문 역시 26년이 지난 지금도 건재했다. 그때보다 주둔 병력이 훨씬 줄었는데도 그들은 여전히 400만 평이나 되는 넓은 땅을 다 차지하고 있었다. 정문 앞에 있는 인디언 추장 동상은 특히 우스꽝스러웠다. 자신들이 점령해 보호구역에다 처박은 인디언들의 추장을 그들 부대 앞에 세워 놓은 까닭이 의심스러웠다. 어쩌면 아직도 동두천 땅을 멋대로 쓰는 미군의 그 파렴치를 그대로 드러내는 상징인지도 몰랐다. 9·11테러 때문에 검문검색이 강화된 탓인지 부대 앞은 정문으로 들어가려는 차들로 밀려 있을 뿐 평화로운 풍경이었다.

동두천 사람들은 늘 콘크리트 담장 너머를 동경했다. 그 동경의 세계인 미 2사단 정문이 주민들에게 열리는 날이 있었다. 카니발 때다. 카니발 기간에는 미 2사단 영내에, 지금도 놀이공원에나 가야 볼 수 있는 여러 가지 놀이기구들이 들어섰고 재미난 볼거리들도 많았다. 그래서 동두천 사람들은 카니발에 갈 수 있는 쿠폰을 구하고 싶어 안달이었다.

초등학교 5학년 가을, 아버지를 며칠 동안 조른 끝에 추수감사제 카니발에 갈 기회를 얻었다. 아버지가 부대에서 받아 온 분홍색 쿠폰을 꼭 쥐고 들어간 미 2사단은 정문에서부터 누린내가 났다. 정문에서 축제장까지 꼬마기차를 타고 들어갔다. 기차가 정차한 곳 역시 한국 땅, 동두천 한 귀퉁이였지만 미국 어느 소도시로 순간 이동한 것 같은 착각이 들었다. 동전을 넣어 음악을 듣는 주크박스와 재즈와 록을 연주하는 무대, 초콜릿 아이스크림과 커다란 소시지가 든 핫도그, 바비큐, 어디서나 키스를 해 대는 여자들과 미군들의 모습까지 카니발이 열리는 미 2사단은 1970년대 대한민국에서는 볼 수 없는 풍경들로 넘쳐났다. 동두천 사람들에게 카니발은 아메리칸드림을 맛볼 수 있는 황홀한 시간이었다.

처음에는 눈이 휘둥그레질 만큼 놀랍고 신기했지만 거기서 내가 즐길 수 있는 건 아무것도 없었다. 아버지가 동료 군무원들과 맥주를 마시는 동안 나는 잔뜩 주눅이 들어 여기저기 기웃거리다 재민이를 만났다. 엄마가 미군들을 많이 알고 있어서 재민이는 카니발이 처음은 아니었다. 덕분에 재민이를 따라 카니발 곳곳을 둘러볼 용기를 냈다. 하지만 기대가 너무 컸던 탓일까, 처음에 들뜬 기분과 달리 카니발은 그다지 즐겁지 않았다. 미군들의 누린내와 짙은 향수 냄새, 처음 맡아 보는 칠면조 냄새와 알코올 냄새로 머리가 어지러웠다. 막사 사이 잔디밭에 들어선 놀이판은 미국 서부영화에서 보던 것들과 다르지 않았다. 낯설지도 않고 그렇다고 익숙하지도 않은 축제장에서 재민이와 나는 금세 흥미를 잃었다. 재민이는 더 놀다 가라고 붙잡는 제 엄마 손을 뿌리치고 아버지와 내가 탄 꼬마기차에 올라탔다. 기차가 정문 가까이 왔을 때, 야외무대에서 한국 여자아이가 노래를 부르고 있었다. 영화에 나오는 미국 여자애들처럼 가슴팍에 프릴이 달린 노란색 원피스를 입은 그 아이가 부르는 노래는 비틀스의 〈예스터데이〉였다. 나는 단박에 그 아이 목소리에 반해 버렸다. 꼬마기차에서 내려서도 그 아이에게서 눈을 떼지 못하자 재민이가 말했다.

"나, 쟤 알아. 임경숙. 3학년 때 우리 반이었어."

6학년 첫날부터 기분이 썩 좋지 않았다. 단짝으로 지내던 친구들이 거의 다 의정부로 전학을 가 버린 데다 그나마 남은 해자와 재민이도 1반과 5반으로 뚝 떨어져 버렸기 때문이다. 엎친데 덮친 격으로 우리 반 교실은 단층으로 된 일본식 목조건물이었다. 교실이 얼마나 낡았는지 교실에 들어가는데 마루에서 삐걱거리는 소리가 났다. 빛이 바래 꺼무튀튀해진 외벽은 그렇다 쳐도 아무리 양초와 왁스를 바르고 걸레로 문질러도 가시가 일어나는 교실 바닥은 영 마뜩잖았다. 일제강점기 때 지어진 역사적인 교실이라며 너스레를 떨었지만 담임선생님 역시 골치가 아픈 눈치였다.

그런데 종이 울리자마자 허겁지겁 교실로 들어서는 아이를 보는 순간 우울하던 기분이 싹 사라졌다. 바로 카니발 때 〈예스터데이〉를 불렀던 임경숙이었다. 까맣고 숱 많은 고수머리를 하나로 단정하게 묶은 경숙이는 빈자리를 찾아 두리번거리다 내 건너편에 앉았다. 톡 튀어나온 이마와 도톰한 입술이 꽤 고집스러워 보였다. 경숙이는 까맣게 반짝이는 눈동자를 뙤록뙤록 굴리며 반 아이들을 살폈는데 그 모습이 하도 당돌하고 차가워 보여 쉽게 말을 걸기 힘들었다. 그런데 수업이 다 끝날 무렵 선생님이 경숙이를 교단으로 불러 세우더니 노래를 시켰다. 경숙이 노래 솜씨는 선생님들 사이에서도 소문이 난 모양이었다.

"모래성이 차례로 허물어지면 아이들도 하나둘 집으로 가고……."

　경숙이 목소리는 비 오기 전 하늘을 뒤덮은 먹구름처럼 어둡고 축축했다. 경숙이 노래에 가슴이 먹먹해지고 자꾸만 코가 매워졌다. 왜 그 노래가 슬프게 들렸는지는 기억이 가물가물하지만 가슴을 서늘하게 하던 그 느낌은 아직도 생생하다. 노래를 들으며 경숙이와 꼭 친구가 되게 해 달라고 빌었다.

　일주일 뒤 짝을 정할 때 내 눈에는 오로지 경숙이만 보였다.

　"자리는 키대로 앉을 거다. 모두 가방을 들고 복도에 나가서 줄 맞춰 서도록."

　선생님 말에 우르르 나가 줄을 섰다. 나는 복도에 나갈 때부터 경숙이와 키를 맞추느라 까치발을 했다. 선생님이 70명이나 되는 아이들을 앞으로 당기고 뒤로 물러서게 하며 키를 재는 동안 얼마나 마음을 졸였는지 손바닥에 땀이 다 났다. 기어코 경숙이와 짝이 되었다. 경숙이는 나와 짝이 된 것이 달갑지 않은지 시큰둥한 표정이었다.

　"나는 내 자리로 누가 넘어오는 거 싫거든. 그러니까 네 학용품 잘 간수해."

　자리에 앉자마자 경숙이가 내뱉은 말에 한껏 부푼 내 가슴에는 커다란 구멍이 나고 말았다. 수업이 끝나고 우리 교실로 온 해자는 경숙이와 짝이 된 걸 보더니 안쓰러운 눈길로 나를 바라봤다.

"큰일 났다, 김정원. 하필 임경숙이랑 짝이 되냐?"

집으로 돌아오는 길에 경숙이에 대해 넌지시 물었다.

"너, 임경숙 잘 알아?"

"그럼, 걔 2학년 때랑 4학년 때 우리 반이었잖아. 걔 좀 또라이야. 자기가 완전 공주인 줄 알아요. 노래 잘하고 얼굴 좀 반반하다고 얼마나 잘난 척하는 줄 아냐? 도시락도 애들이랑 절대 같이 안 먹어. 있잖아, 도시락 뚜껑을 이렇게 살짝 덮어 놓고서는 숟가락 넣을 때만 연다. 반찬은 맨날 미제 소시지에다 달걀이야. 걔 미제라면 사족을 못 써. 걔 학용품 봐라. 거의 다 미제야. 자기 물건에 어쩌다 손만 대 봐. 얼마나 얄밉게 구는지 몰라. 내가 한번 걔 사인펜 썼다고 얼마나 아니꼽게 굴던지. 말도 마. 너 걔랑 친해지지 마. 걔랑 친해지면 골치 아파."

괜한 것을 물어봤다고 후회했다. 아직 친해지기도 전에 경숙이에 대해 나쁜 인상을 받게 되는 게 싫었다. 해자 말은 못 들은 걸로 치기로 했다. 갑자기 해자가 내 팔을 잡아끌더니 귀에 대고 속삭였다.

"있잖아. 이건 비밀인데 걔네 엄마 양색시들 빨래 해 주는 사람이다. 아침마다 자전거에 바구니 싣고 우리 동네 와서 양색시들 빨래 걷어 가. 걔네 언니들도 클럽에 다녀."

"민해자. 그런 말 하지 마. 넌 너희 집이 포주 한다고 누가 흥보면 좋겠어?"

"뭐라구?"

해자 얼굴이 딱딱하게 굳었다. 말실수했다는 걸 깨달았다.

"미안해. 나는 네가 그냥 남의 말 하는 게……"

"내가 뭐 없는 말 하는 줄 알아? 난 친구 의리 때문에 너한테 말해 준 거야. 너 개가 얼마나 악바리인 줄 모르지? 너 같은 얼뜨기들은 못 당한다고."

해자는 몹시 섭섭한 듯 쌔무룩해서는 앞장서 가 버렸다. 해자한테는 미안했지만, 해자가 경숙이에 대해 이러쿵저러쿵하는 소리는 듣기 싫었다. 나는 경숙이를 천천히 알아 가고 싶었다. 다행히 해자는 며칠 지나지 않아 화를 풀었다.

"야, 우리가 어떤 친구냐? 1학년 때부터 쌓아 온 우리 우정이 그렇게 싸가지 없는 애 때문에 깨지면 안 되지. 그렇지만 정원이 너 명심해. 개 정말 싸가지가 제로야. 알았어?"

해자 말에 마지못해 고개를 끄덕였다. 경숙이는 해자 말마따나 좀 유별났다. 해자가 말한 미제 중독증은 그나마 덜 별쫑맞은 축에 속했다. 경숙이는 반 아이들이 모두 짜증스러워할 만큼 깔끔하게 굴었다. 옷이 더러워진다고 고무줄놀이, 공치기도 안 하고 옷이 좀 더럽거나 코를 훌쩍거리는 애가 있으면 곁에 가지도 않았다. 그런 경숙이와 같이 당번을 하면 칠판지우개를 털고 걸레 빠는 일은 온통 내 차지였다. 자기는 더러운 물에 손을 대면 두드러기가 돋는다고 했다. 덕분에 겨울에도 경숙이 손은 늘 깨끗하고 하얬다. 어쩌다 손에 물을 묻히게 되면 핸드크림을 꺼내 손등에 발랐다. 가끔은 자기 대신 걸레를 빠는 내게도 핸드크림을 짜 주는 인심을 썼다.

경숙이는 아이들하고 어울리는 걸 별로 좋아하지 않아 쉬는 시간이나 점심시간에도 책을 읽거나 종합장에 인형 옷을 그리며 혼자 놀았다. 경숙이는 짝꿍인 나한테도 전혀 관심이 없었다. 나도 경숙이 못지않게 종이인형 놀이를 좋아했지만, 취향이 달라 같이 놀기가 힘들었다. 경숙이는 긴 금발에 화려한 치장이 된 종이인형을 골랐다. 사실 종이인형 중에 금발이나 빨간 머리가 아닌 것은 찾기 힘들어 선택의 여지가 없기도 했다. 경숙이는 쉬는 시간마다 종합장에 사인펜, 색연필로 인형 옷을 그렸는데, 하나같이 다 화려한 드레스였다. 그렇지만 나는 금발의 종이인형을 사더라도 그 자리에서 긴 머리를 오려 단발을 만들고 머리카락은 까만색이나 갈색으로 덧칠을 해 버렸다. 종이인형 세트에 있는 드레스는 버리거나 다른 친구들을 줘 버리고 평상복을 새로 그렸다. 경숙이는 그런 나를, 나는 경숙이를 유별나다고 생각했다.

그래도 나는 경숙이가 좋았다. 짝꿍이라는 이유로 걸핏하면 자기가 하기 싫은 심부름을 시키고, 자기 뜻대로 안 되는 일이 있으면 괜히 심술을 부리는 데도 참을 만했다. 그런 나를 보고 아이들은 경숙이가 가지고 다니는 미제가 탐나서 그런다는 둥, 임경숙한테 찍혀서 종노릇을 한다는 둥 숙덕거렸다. 나는 이죽거리는 친구들 말을 한 귀로 흘려버렸지만 마음 한구석은 늘 찜찜했다. 그런데 진달래가 지고 벚나무가 막 꽃망울을 터뜨릴 무렵, 어떤 일로 나는 경숙이와 가까워지게 되었다. 그 일의 시작은 영미였다.

우리 반 부반장 영미는 경숙이 못지않은 새침데기에 미제 신봉자였다. 5학년 때부터 같은 반이었던 영미는 겨울만 되면 얼굴이 번들거리도록 콜드크림을 바르고 다녔다. 영미는 아무리 찬 바람이 불어도 얼굴이 트지 않은 비결이 바로 콜드크림이라고 했다. 여자아이들은 영미를 부러운 듯 보았지만 나는 지나치게 까마반드르한 영미 얼굴이 영 마음에 들지 않았다. 그런데 어느 날 영미가 콜드크림을 학교에 가지고 왔다. 여자아이들이 영미 둘레로 우르르 모여들었다. 아이들은 올리브색 뚜껑에 우윳빛이 도는 둥근 통에 든 폰즈 콜드크림을 보며 부러워했다.

"자, 손 내밀어. 내가 조금씩 줄게."

아이들이 앞다퉈 손을 내밀자 영미는 하얀 콜드크림을 조금씩 떼서 손바닥에 나누어 주었다. 아이들 얼굴이 금세 번들번들 해졌다.

"김정원, 넌 싫어?"

나는 불쑥 손을 내밀기도, 그렇다고 단박에 싫다는 말도 하지 못하고 쩔쩔맸다. 그때였다. 갑자기 경숙이가 까르르 웃더니 빈정거렸다.

"하여튼 촌스럽긴. 니들은 콜드크림이 뭐 하는 건지도 모르니? 그거 영양크림 아니야. 화장 지우는 거야. 미군들이 보면 정말 코미디라고 웃겠다."

그 말에 아이들 얼굴이 우거지상이 되었다. 특히 영미는 붉으락푸르락한 얼굴로 씩씩거리다가 경숙이한테 달려들었다. 그예 경숙이와 영미는 머리채를 잡고 싸우기 시작했다. 아이들은 다 영미 편을 들었다. 영미 엄마는 육성회 임원이었는데, 미제 물건 장사를 했다. 외동딸인 영미는 엄마가 파는 초콜릿, 껌, 젤리 등을 가져와서 친구들에게 인심을 썼고, 아이들은 그런 영미를 무시할 수 없었다. 나는 경숙이 편을 들 수도, 영미 편을 들 수도 없어 속만 태웠다. 그러는 사이 선생님이 들어왔다. 영문을 묻는 담임선생님한테 아이들은 모두 경숙이가 먼저 영미한테 시비를 걸었다고 했다. 종례가 끝나고 경숙이는 교무실에 불려 갔고 나는 복도에서 경숙이를 기다렸다. 경숙이가 많이 혼날까 봐 마음을 졸이고 있는데 해자가 와서 집에 가자고 했다.

"너 먼저 가. 경숙이 좀 보고 갈게."

내 말에 해자는 입을 삐죽거렸다.

"야, 김정원, 너 경숙이한테 뭐 약점 잡힌 거 있어?"

"아니야, 그런 거."

"근데 왜 자꾸 경숙이 편만 들어? 너희 반 애들이 네가 경숙이한테 알랑방귀 뀐다고 뭐라 그런단 말이야."

"내가 언제 걔 편을 들었다고 그래. 그냥 기다리는 거야."

샐쭉해진 해자가 먼저 집에 가고 나서도 한참 지나 경숙이가 왔다. 찌무룩한 표정이던 경숙이가 복도에 서 있는 나를 보고 깜짝 놀랐다.

"김정원, 너 왜 아직 집에 안 갔어?"

"그냥, 걱정돼서. 너는 내 짝꿍이니까."

멋쩍은 듯 웃던 경숙이가 들릴 듯 말 듯 말했다.

"고마워."

경숙이가 갑자기 자기 집에 놀러 가자고 한 것은 그다음 날이었다. 토요일이라 수업이 끝나자마자 해자랑 자전거 타고 사기리로 놀러 가기로 했지만 나는 망설이지 않고 경숙이네 집을 택했다. 경숙이 집에 가 본 아이는 우리 반에 아무도 없었다. 떠도는 말로는 경숙이가 미군부대 안에 있는 관사에 산다고도 하고, 부대 옆 산동네 오두막에 산다고도 했다. 모두 소문일 뿐 경숙이 집을 아는 애는 한 명도 없었다. 그런데 경숙이가 날 초대한 것이다. 나는 드디어 경숙이와 친구가 되었다는 생각에 날아갈 듯 기뻤다.

"우리 철길로 가자."

"위험하잖아."

"이 시간에는 기차 안 다녀. 걱정 마. 원래 이 철길을 쭉 따라가면 우리 아버지 고향이래."

"너희 아버지는 고향이 어디래?"

"신의주."

"아, 우리 아버지는 평안도 안주래."

"그래? 너희도 월남민이구나."

"응."

"우리도 공통점이 있네."

우리는 양쪽 철로 위에 올라서서 두 팔을 벌리고 걸었다. 경숙이가 노래를 흥얼거리기 시작했다. 〈무지개〉, 〈따오기〉, 〈등대지기〉……. 경숙이는 모르는 노래가 없었다. 경숙이가 낮은음으로 노래를 부를 때는 감기에 걸린 듯한 쉰 소리가 났다. 하지만 높은음을 부를 때는 쉰 목소리를 뚫고 맑은 소리가 울려 나왔다. 경숙이 노랫소리는 한여름 뭉게구름 사이를 뚫고 나오는 햇살 같고, 팬플루트 소리처럼 구슬프기도 했다. 철길 주변은 시멘트 블록과 판자로 지은 낮은 집들이 지붕을 맞대고 이어져 있었다. 천막 쪼가리를 덧씌운 지붕 위에는 연탄재, 함지박, 깨진 시멘트 블록들이 널려 있었는데, 이 을씨년스러운 철길 풍경에 경숙이 노랫소리가 잘 어울렸다.

경숙이네 집은 미군부대 담을 따라 흩어져 있는 초라한 산동네에 있었다. 낮은 시멘트 블록에다가 슬레이트만 대강 얹은 집이었다. 담이나 마당도 없이 길가로 난 문을 여니 곧장 부엌이 나왔다. 안으로 들어서자 부엌 문턱 바로 아래 수챗구멍으로 쥐가 숨었다. 부엌에서 안방으로 들어가는 문은 머리를 수그려야 할 정도로 낮았다. 경숙이를 따라 들어간 방은 대낮인데도 무척 어두웠다. 경숙이가 벽을 더듬어 형광등 스위치를 누르자 방이 환히 드러났다. 살림살이로 창문을 거의 가려 빛이 들어오지 않았다. 벽에 걸린 작업복들, 겉가죽이 찢어져 굳이 지퍼를 여닫을 필요도 없어 보이는 비키니 옷장, 아랫목에 깔린 땟국 절은 나일론 이불. 경숙이네 살림살이가 넉넉지 않다는 걸 대번에 알 수 있었다. 경숙이는 내 팔짱을 끼더니 안방과 이어진 다른 방으로 데리고 들어갔다.

"여기서 잠깐만 기다려. 내가 코코아 타다 줄게."

나는 방 안을 휘 둘러보았다. 하나뿐인 낡은 앉은뱅이책상에는 교과서들이 어지럽게 쌓여 있었고, 그 옆에는 판자에 붉은 벽돌을 받쳐 삼단으로 만든 책꽂이 겸 화장대가 있었다. 그 방에서 가장 눈에 띄는 것은 책상 맞은편 벽을 가득 차지하는 초상화였다. 키 작은 여자가 자기 얼굴의 세 배쯤 되는 파마머리를 하고 흑인 무릎에 앉아 있는 그림이었다. 여자를 끌어안은 흑인의 손은 여자 허리를 한 줌에 쥘 수 있을 만큼 커 보였다.

"우리 둘째 언니야."

코코아 잔을 쟁반에 받쳐 들고 들어오던 경숙이가 말했다.

"둘째 언니?"

"응."

"저 남자는 누군데?"

"옛날 애인. 우리 언니랑 결혼한다고 해 놓고는 미국 가더니 감감무소식이야. 우리 동네 사는 화가 아저씨가 되게 비싸게 받고 그려 준 거야. 언니는 저 미군은 안 아까운데 그림은 아깝대. 그래도 버리면 좋겠어. 우리 언니, 내년에 미국 갈 거거든. 이번에 사귀는 사람도 흑인인데, 언니한테 결혼하자고 그런대."

"흑인이랑?"

"응. 좀 그렇지? 우리 셋째 언니도 뭐라고 그래. 셋째 언니는 백인 아니면 안 만나. 셋째 언니가 그러는데 미국에서는 아직도 흑인 차별이 심하대. 결혼해서 미국 가 봤자 흑인하고 살면 애로 사항이 많대."

"그럼 너희 셋째 언니는 백인이랑 결혼할 거래?"

"뭐, 아직 애인은 없지만, 그렇겠지. 근데 우리 셋째 언니는 빽이 좋아. 장교들도 많이 알고. 언니가 좀 예쁘거든. 우리 대디 소개해 준 사람도 셋째 언니야."

"대디?"

나는 혹시라도 잘못 들은 게 아닐까 싶어 다시 물었다.

"응. 미국 사람들은 아빠를 그렇게 부르잖아. 미군부대 소대장인데 내 동생이 그 집에 입양됐거든. 그래서 나도 그렇게 불러."

"입양? 동생 입양 보냈어? 왜?"

"우리 집 형편이 안 좋아서."

"근데 넌 왜 그 사람을 대디라고 불러?"

"어쩌면 나도 입양될지 몰라. 사실 우리 대디는 동생보다 나를 더 좋아해."

경숙이는 입양이 가슴 설렐 만큼 좋은 일인 듯 아주 밝게 말했다. 그러나 내가 아는 입양은 아주 슬프고 아픈 일이었다. 이 땅에서 살아갈 방도를 잃은 아이들이 살아남기 위한 어쩔 수 없는 선택이었다. 그런데 경숙이는 그 입양을 아무렇지도 않게 말하고 있었다.

"근데 너 진짜로 입양 가고 싶어?"

"응."

"엄마랑 아버지가 다 있는데도?"

"그럼. 미국 가는 게 싫은 사람이 어디 있겠냐?"

"아무리 미국이 좋아도 가족이랑 다 헤어지는 건데 슬프지 않아?"

"그 대신 새엄마가 생기잖아. 우리 대디랑 마미가 얼마나 멋있는데. 미국에서도 되게 부자래. 우리 마미는 대학까지 나왔대. 미국에서 육군사관학교는 공부 잘해야 가잖아. 우리 대디 거기 나온 사람이다. 한국에 나온 미군 중에 거기 나온 사람 별로 없대."

경숙이는 벌써 미군 소대장의 딸이 된 것처럼 보였다.

"나는 빨리 미국 가고 싶어. 거긴 집마다 자가용이 있대. 우리 대디네 집도 이층집이래. 생각만 해도 좋아."

"그래도 식구들이 보고 싶을 텐데……."

내가 말끝을 흐리자 경숙이가 매몰차게 잘랐다.

"나는 우리 식구들이 싫어. 맨날 술만 먹는 아버지도 싫고, 양색시들 빨래나 해 주면서 굽실거리는 엄마도 싫어."

경숙이 말에 괜히 내 얼굴이 붉어졌다.

"그렇지만……. 경숙아, 난 잘 모르겠어. 아무리 그래도 입양이 좋은 건지. 2학년 때 내 짝꿍도 입양 갔거든. 근데 걔는 있잖아, 혼혈아거든. 그래서 간 건데. 넌……."

"미국 사람들은 그런 거 안 가려. 그 사람들이 얼마나 좋은데. 미국 사람들은 입양을 많이 한대. 동양 애, 서양 애 안 가리고. 장애도 안 가려. 우리 둘째 언니 친구가 애를 낳았는데 뇌성 마비래. 근데 걔도 입양 보냈잖아. 거기 가면 장애도 잘 산대. 입양이 나쁜 게 아니야."

경숙이는 내가 입양에 대해 잘못 알고 있다며 이런저런 말을 했지만 나는 수긍할 수 없었다. 다만 내가 끝까지 고집을 피우면 경숙이가 속상해할까 봐 대충 고개를 끄덕였다.

"정원이 너는 되게 착한 거 같아. 너 같은 애는 처음이야. 여자 애들은 질투심이 많고 변덕스러워 싫거든. 솔직히 그동안 아무한테도 내 얘기 안 했어. 너도 알겠지만 난 친구가 별로 없어. 그런데 너한테는 말해도 될 거 같아. 정원이 너, 내가 하는 말 비밀로 지켜 줄 수 있지?"

나는 얼떨결에 고개를 끄덕였고, 경숙이는 소매 끝을 만지작 거리며 한숨을 내쉬더니 이야기를 시작했다.

"우리는 딸만 일곱이야. 위로 오빠가 하나 더 있었는데 6·25 때 죽었대. 나랑은 열다섯 살 차이지. 우리 아버지는 신의주에서 피난을 왔거든. 근데 경기도 어디쯤 왔을 때 미 공군이 폭탄을 떨어뜨렸는데 그게 피난 가는 사람들 옆으로 떨어진 거야. 그때 우리 오빠랑 오빠를 업고 있던 할머니가 돌아가시고, 아버지도 팔이 떨어진 거래. 왜 저번에 용수가 한 말 기억하니? 우리 아버지 팔 병신이라는 거. 우리 아버지가 시장에서 고무줄 장사한다고 그랬잖아. 그거 진짜야. 그땐 애들이 다 듣고 있어서 아니라고 한 거야. 그렇게 쳐다보지 마. 나도 그러고 싶어서 그러는 건 아니니까. 그냥 나도 모르게 그렇게 돼."

경숙이가 잠깐 나를 봤다. 나는 그저 듣고만 있었다.

"우리 아버지는 장사할 때도 술을 마셔. 아마 아버지도 팔 병신인 게 창피한가 봐. 우리 큰언니는 아버지가 너무 불쌍하대. 아들도 하나 없고, 일하고 싶어도 병신이라 일도 못 하고……. 나도 어떨 땐 아버지가 불쌍해. 근데 난 아무래도 인정머리 없게 태어난 거 같아. 아버지가 싫을 때가 더 많거든. 어쨌든 전쟁 터에서 다친 건데도 아버지는 보상을 못 받아. 군인이 아니었으니까. 그래서 우리 식구가 이렇게 고생하는 거야."

경숙이는 털어놓을 비밀이 많았다.

"우리 큰언니는 나보다 열여덟이나 더 많아. 큰언니는 우리 오빠 죽은 것도 생각나고, 아버지 팔 다쳤을 때도 생각난대. 큰언니는 천사야. 우리 큰언니 초등학교밖에 못 나왔어. 열여덟에 시집갔는데 형부는 군인이야. 미군 말고 한국 군인. 지지리 가난해. 큰조카가 지금 1학년인데 그 밑으로 줄줄이 셋이야. 나는 큰언니가 우리 엄마처럼 아이를 많이 낳지 않았으면 좋겠어. 우리 막내가 몇 살인 줄 아니? 지금 다섯 살이야. 엄마가 마흔여섯에 막내를 낳은 거야. 우리 막내는 명색이 이모인데, 조카보다도 나이가 어린 거지. 점쟁이 할머니가 이번엔 틀림없이 아들이라고 해서 낳은 거래. 우리 엄마 막내 낳을 때 죽을 뻔했대. 근데도 딸이었어. 진짜 창피해. 지지리 가난한 주제에 아들 낳겠다고 낳고 또 낳고. 나는 그래서 아버지랑 엄마가 싫어. 동네 사람들도 우리 엄마 아버지 보고 숙덕거려. 딸들을 다 양색시 만들었다고. 근데 지금은 우리 둘째 언니가 주는 돈 아니면 먹고살기도 힘들어. 셋째 언니는 좀 얄미운 데가 있어. 자기는 둘째 언니처럼 흑인이랑은 안 사귄다고 잘난 척하면서 집에 돈도 안 가져와. 무슨 일이 있어도 미국 갈 거라고 돈을 혼자 꼬불치고 있어. 넷째 언니는 무슨 일이 있어도 대학 갈 거래. 공부만 해. 교대가 목표야."

경숙이 이야기를 들으면서 몹시 곤혹스러웠다. 그렇지만 그동안 경숙이가 아이들한테 미움을 받을 만큼 악바리 노릇을 한 거나 야멸스러웠던 까닭을 조금이나마 이해할 수 있었다.

"난 꼭 미국에 갈 거야. 그렇지만 우리 언니들처럼 양색시 같은 건 안 할 거야. 안 해도 돼. 우리 대디가 나도 꼭 입양할 거라고 약속했으니까."

"너랑 언니들이랑 막내랑 다 미국 가면 너희 엄마는 어떻게 하냐?"

"경미 있잖아. 경미는 미국 가기 싫고 엄마랑 살 거래. 걘 나랑 정반대야. 완전 천사표야."

"너희 막냇동생도 불쌍하다. 이제 겨우 다섯 살인데. 엄마 안 보고 싶을까?"

"괜찮아. 대디랑 마미가 워낙 잘해 주니까. 우리 막내, 침대에서 잔다. 잠옷도 입고, 곰 인형도 개만 한 거 껴안고 자잖아. 그렇게 좋은데 엄마가 왜 보고 싶겠냐? 게다가 우리 아버지는 막내를 별로 안 좋아해. 아버지가 바랐던 것은 아들이니까. 그래서 우리 엄마가 더 입양 보내려고 했던 거야. 좋은 데 가서 살라고. 구박받지 말고 떵떵거리며 살라고. 원래 경미도 같이 보내려고 했는데, 걘 죽어도 싫다 그러니까."

"그래도 너희 엄마는 속상하실 거 아냐."

"뭐 속상하기도 하겠지만, 솔직히 울 엄마는 오히려 좋지. 막내 있을 때는 일도 제대로 못 했으니까. 내가 같이 입양되면 더 좋아. 내가 막내를 봐 줄 수 있으니까. 그러면 우리 엄마도 안심할 거야."

나는 갑자기 경숙이랑 있는 게 거북하게 느껴졌다. 이제 그만 가 봐야겠다며 서둘러 경숙이네를 빠져나왔다. 아무리 가난해도 백인의 양녀로 들어가고 싶어 안달하는 경숙이와 경숙이를 그렇게 보내려는 그 집 식구들을 온전히 이해할 수는 없었다. 하지만 혼자 보산리를 지나 집까지 오는 동안 자꾸만 어두침침한 경숙이네 집이 어른거렸다. 흑인 무릎에 앉아 있던 둘째언니 그림도 떠올랐다. 문득 경숙이가, 경숙이 가족들이 가엾게 느껴졌다.

그날 이후로도 몇 번 더 경숙이네 집에 놀러 갔다. 그럴 때마다 경숙이 엄마는 빨래를 산더미처럼 쌓아 놓고 있었다. 경숙이는 그 빨래를 거들떠보지도 않았지만, 경숙이 바로 아래 동생 경미는 늘 엄마 곁에서 뭔가 꼼지락거리고 있었다. 누렇게 뜬 얼굴로 말없이 엄마 곁을 지키는 경미를 보면 괜히 코끝이 찡했다.

경숙이는 중학교에 진학하지 않았다. 자기 대디가 미국으로가는 게 1년 미뤄졌다고 했다. 경숙이는 피아노 학원에 다니고영어를 배운다고 했다. 그 1년 동안 경숙이는 가끔 우리 집에 놀러 왔지만 금세 집으로 돌아갔다. 관심사가 서로 달라 서먹서먹했던 것이다. 그러다 성탄절을 며칠 앞둔 어느 날 경숙이가 찾아왔다.

"정원아, 나 내일 미국 간다."

경숙이 얼굴에 아쉬움이나 슬픔 따위는 보이지 않았다. 하룻밤만 자면 비행기를 탄다고 들떠서 자랑하는 경숙이에게 어떤 식으로 작별 인사를 해야 할지 막막했다. 경숙이는 선물이라며 노란 미제 연필 한 다스를 내밀었다. 나는 한껏 들떠 있는 경숙이한테 슬픈 내색을 할 수가 없었다. 경숙이는 내 주소를 묻지 않고, 자기 주소도 알려 주지 않았다. 나는 경숙이가 미국에 가면 한국을 싹 잊고 싶다던 말을 기억하고 있었다. 될 수 있으면 담담하게 경숙이를 보내고 싶었다. 그래서 경숙이처럼 씩씩하게 인사를 하고 헤어졌다. 하지만 경숙이가 돌아간 뒤 후회가 밀려왔다.

다음 날 아침, 일찍 일어나 가을에 통일동산에서 따다 말려 놓았던 코스모스와 감국 꽃으로 편지지를 꾸미고 편지를 썼다. 그리고 몇 번 망설이다가 우리 집 주소를 적은 뒤 편지를 들고 경숙이네 집으로 달려갔다. 하지만 경숙이는 이미 셋째 언니와 함께 김포공항으로 떠난 뒤였다. 아직 정오가 되지도 않은 시간이었건만 경숙이 아버지는 술에 취해 집 앞 평상 위에 널브러져 있었고, 경숙이 엄마는 그날도 산더미같이 쌓인 빨래를 하고 있었다. 경미는 고무장갑도 끼지 않은 채 브래지어와 팬티를 헹구고 있었다. 경숙이 엄마는 빨래를 하다가 퉁퉁 부은 얼굴로 내게 말했다.

"고것이 너한테도 안 알리고 갔냐? 독한 것."

경숙이 엄마 앞에 쌓인 빨래는 하루 종일 해도 끝날 것 같지 않았다. 나는 가지고 간 편지를 잘게 찢어 길가 시궁창에 버렸다. 그날 빨래통 앞에 앉은 경숙이 엄마가 몹시 가엾고 불쌍했다. 그렇다고 공항에서 비행기를 기다리고 있을 경숙이를 미워하지도 못했다. 나는 어쩌면 그때 이미 애어른이 다 되어 있었는지 모른다.

민해자

차를 미군부대 담 아래 주택가에 세워 놓고 길을 건너 곁길
로 들어섰다. 오르막길 위로 녹슨 차단기가 있는 철도 건널목이
보였다. 보산리로 들어가려면 저 건널목을 지나야 한다. 가슴이
두근거려 선뜻 발길이 떨어지지 않았다. 잠시 주춤거리다 용기
를 내 겨우 발걸음을 뗐다. 드디어 철길 아래 기지촌이 모습을
드러냈다.

경원선 철길과 신천둑 사이로 내려앉은 낡은 슬레이트와 빛
바랜 기와지붕이 먼저 눈에 들어왔다. 간혹 3, 4층짜리 새 건물
도 보였지만 보산리 기지촌은 26년 전 그때와 별달라 보이지 않
았다. 텍사스 커스텀 테일러, 시카고 커스텀 테일러, 런던보이 커

스텀 테일러, 뉴욕 커스텀 테일러와 크고 작은 클럽들 앞에는 26년 전과 다름없는 영어 간판이 즐비하고 건물 사이 어두컴컴한 골목들은 옛 기지촌 그대로였다. 뜻밖에도 기지촌은 생각보다 작았다. 마치 영화 세트장 같았다. 꿈에서 보던 기지촌은 동두천 땅의 전부였다. 꿈속의 보산리는 아무리 헤매도 그 끝을 알 수 없는 수많은 실골목으로 얽히고 얽힌 곳이었다. 그러나 현실의 보산리는 미군 클럽과 상점이 몰려 있는 작은 거리에 지나지 않았다. 보산리가 이렇게 작고 추레한 곳이었던가. 믿기지 않았다.

쿵덕거리는 가슴을 쓸어내리며 천천히 내리막길을 걸었다. 고샅길가에 있는 가게들은 문을 연 데가 거의 없이 한적했다. 철길을 따라 늘어선 상가를 걷는데 한 클럽에서 연습을 하고 있는지 기타 소리, 키보드 소리가 새어 나왔다. 보산리에 왔다는 실감이 났다. 안쪽으로 들어서니 낯빛이 유난히 하얗고 늘씬한 백인 여자들과 까무잡잡한 필리핀 여자들이 눈에 띄었다. 그러고 보니 필리핀 음식을 파는 간이음식점이 꽤 많이 있었다.

예전에 이 골목에서 쇳소리 섞인 비음으로 미군들을 부르던 기지촌 여자들은 대개 닮은꼴이었다. 분통을 통째로 뒤집어쓴 것처럼 새하얀 얼굴에, 새빨간 입술, 눈꺼풀이 무겁도록 붙인 가짜 속눈썹에 덕지덕지 처바른 마스카라, 귓불이 늘어질 정도로

매단 화려한 귀고리. 거기다 서커스단 어릿광대들이나 신을 법한 높은 통굽 구두. 머리 모양이나 색깔은 그 여자들이 매달려 있는 미군 피부색에 따라 달랐다. 흑인과 다니는 여자들은 하나같이 감전이라도 된 듯, 한 올 한 올 부풀린 머리를 했고, 백인을 상대하는 여자들은 갈색이나 노란색 빨간색으로 머리를 물들였다.

그런데 지금 이 골목을 오가는 이들은 검은 머리를 억지로 노랗고 빨갛게 물들인 한국 여자가 아니었다. 진짜 빨간 머리나 금발 머리에 하얀 피부를 지닌 러시아 사람이거나 한국 사람보다 더 검은 피부에 더 슬픈 눈을 한 필리핀 사람, 더 작고 마른 베트남 사람이 대부분이었다. 그들은 거칠고 누렇게 뜬 얼굴을 감추려 짙은 화장을 하던 옛날 여자들과 달리 맨 얼굴로 당당히 거리를 걸었다.

어디로 갈지 한참 갈팡질팡하다가 토스트와 커피를 파는 작은 가게에 들어갔다. 주인 여자는 잠에서 깬 지 얼마 안 되는지 연신 하품을 하며 커피를 뽑았다. 입가와 눈가에 자글자글한 주름, 문신한 눈썹, 코뼈가 내려앉아 부어오른 코에서 주인 여자 역시 고단한 삶을 이어 왔음을 알 수 있었다. 부루퉁한 표정으로 내미는 커피를 받아 드는데, 필리핀 여자들이 들어와 수다를 떨다가 커피를 들고 나갔다. 잠시 뒤에는 러시아 여자가 들어오더니 토스트를 주문했다. 가게를 드나드는 여자들을 보고 있자니 낯설고 불편했다. 주인 여자 눈치를 보며 반쯤 남은 커피를 놔둔 채 나와 버렸다. 골목 상점이나 클럽은 아직 문을 열지 않은 곳이 많았다. 막 정오를 넘긴 이 시간이 보산리 사람들에게는 이른 아침인 셈이다.

한 발 한 발 걷다가 나는 속옷 가게에서 발걸음을 멈췄다. 분홍색 슬립과 범 무늬 브래지어와 팬티가 걸려 있는 속옷 가게에는 26년이 지난 지금도 기기묘묘한 속옷들이 걸려 있었다. 아주 오래전 그 가게에서 색종이 반쪽만 한 헝겊에 끈만 달린 물건이 팬티인지 아닌지를 놓고 해자와 내기를 했던 기억이 떠올라 피식 웃음이 나왔다.

해자가 살던 골목을 찾으려면 우선 브라보홀부터 찾는 게 순서일 것 같았다. 골목 안으로 들어가기 전 심호흡을 하며 마음을 가라앉혔다. 혹시라도 이 골목에서 해자가 걸어 나온다면 어떻게 해야 할까. 뛰어가 뜨겁게 포옹을 할지, 아니면 아주 천천히 다가가 손을 잡을지……. 골목에 발을 디디고 나니 해자에 대한 그리움이 더 크게 밀려와 가슴이 뻐근해졌다. 그런데 나는 골목 이쪽 끝에서 저쪽 끝까지 두 번이나 왔다 갔다 하고도 브라보홀 흔적을 찾지 못했다.

1986년, 연일 계속되는 시위와 모임에 지쳐 있던 나는 선배들 몰래 친구들과 영화를 보러 갔었다. 강석우, 이미숙, 이혜영이 나온 〈겨울 나그네〉였다. 그런데 영화의 무대가 하필 보산리였다. 강석우가 기지촌으로 흘러드는 장면에서부터 가슴이 뛰기 시작했다. 이혜영이 미군들과 춤을 추는 클럽이 바로 브라보홀이었다. 그러다가 강석우가 자전거를 타고 미군부대로 가는 건널목 장면을 보는 순간 울컥하고 눈물이 솟구쳤다. 결국 영화를 보다 말고 뛰쳐나왔다. 영화를 다 보고 나온 친구들의 의심스러운 눈총에 그냥 저녁 먹은 것이 체했다고 둘러댔다. 그때 나는 지금의 나를 키운 곳이 바로 그곳, 보산리였다는 말을 하지 못했다. 그 뒤로 다시 16년이 지났다. 브라보홀이 아직 그대로 남아 있기를 바라는 건 터무니없는 일인지도 모른다. 하릴없이 골목을 서성이다 문을 연 옷 가게에 들어갔다.

　　"저기, 혹시 예전에 있던 브라보홀이 어디쯤인지 아세요?"

　　덩치 큰 미군들이나 입을 만한 가죽옷을 손질해 걸던 주인이 의심쩍은 눈으로 나를 살펴봤다.

　　"브라보홀은 왜 찾으슈?"

　　"사람을 좀 찾으려고요. 브라보홀 골목에서 담배 가게를 하던 민씨라고……."

　　"민씨? 글쎄 모르겠는데?"

주인은 고개를 갸우뚱하더니 옷걸이에 옷을 걸면서 물었다.

"언제 적 사람이유?"

"26년 전요."

"26년? 그럼 모르지. 나는 겨우 십여 년밖에 안 되니까. 그 사람은 왜 찾으슈?"

"아니요. 친구를 찾느라고요. 제가 여기 살았거든요. 하도 오랜만에 와서……. 혹시 소식을 알까 싶어서요."

"요 바깥쪽에는 나보다 오래 산 이들이 꽤 있긴 한데……. 그런데 여기 이 동네서 살았수?"

"아니요. 친구가 여기 살아서 자주 놀러 왔었거든요."

"그래요? 그럼 저기 상가 번영회 회장님한테 물어보슈."

"아니요. 그럴 필요까지는 없어요."

주인 말에 덜컥 겁이 났다. 내가 보고 싶은 사람은 해자지 해자네 식구들은 아니었다. 얼른 말머리를 돌렸다.

"브라보홀이 어디쯤 있었는지 전혀 모르겠네요."

"저기 저 여관 보이슈? 저기가 브라보홀 자리 아니유. 불나서 다시 지었지."

가게를 나와 다시 보니 골목은 더 스산하고 삭막했다. 여관으로 바뀐 브라보홀 앞에 섰다. 눈시울이 뜨거워졌다.

해자네 집은 보산리에서도 가장 후미진 축대 옆에 있었다. 신천둑을 따라 다닥다닥 붙어 있는 판잣집에는 대개 포주들이 살았다. 보산리는 신천둑과 경원선 철길 사이에 낮게 내려앉은 동네라 여름에는 물난리가 자주 났고, 겨울에는 개울을 타고 올라온 북풍 때문에 무척 추웠다. 해자와 나는 한여름에 비가 많이 오고 나면 해자네 집 뒤에 있는 둑으로 나가 발아래로 넘실대는 붉덩물을 구경했다. 그 붉덩물은 때로는 기지촌 사람들의 궁뚱망뚱한 살림살이와 밭작물을 다 쓸어 가기도 했다. 또 언젠가는 그 붉덩물에 몸을 던진 여자도 실어 가 버렸다. 해자는 그 물을 내려다보며 말했다.

"구질구질한 우리 집도 다 쓸어 가 버리면 좋겠다."

해자는 우울한 표정으로 그렇게 몸서리치는 말을 툭툭 내뱉었다. 하지만 해자의 그런 모습을 아는 사람은 초등학교 1학년 때부터 단짝인 나뿐이었다. 평소 해자는 코미디언 흉내를 곧잘 내고, 춤도 김추자보다 더 잘 추는 왈가닥이었다. 해자와 나는 가끔 티격태격해도 중학교 때까지 유일한 단짝 친구였다.

나는 시험 때만 되면 친구들과 해자네 집에 갔다. 해자네 집에는 외박 나가는 언니들 방이 늘 하나쯤은 비어 있었다. 그 시절에는 자기 집이 있는 친구보다 셋방살이하는 친구들이 더 많았고, 자기 집이 있더라도 살림에 보태기 위해 세를 주는 경우가 많아서 남는 방이 있는 집이 거의 없었다. 그래서 시험공부를 한답시고 모일 수 있는 곳은 보산리에서 포주를 하는 친구들 집뿐이었다.

사실 말이 시험공부지 수다를 떨며 밤을 새우는 날이 더 많았다. 게다가 해자는 보산리에 떠도는 온갖 소문들과 동네 양색시들의 구구절절한 사연을 굴비 꿰듯 다 알고 있는 타고난 이야기꾼이었다. 나는 해자 이야기에 울고 웃으며 세상에 기쁘고 즐거운 일보다는 슬프고 이상한 일이 더 많다는 걸 알게 되었다. 해자네 집에서는 날마다 소설보다 더 코끝이 찡해지고 가슴 먹먹해지는 일들과 세상에 대해 끊임없는 의문을 던지게 하는 일들이 벌어지고 있었다.

해자네 집에는 보산리에서만 나는 독특한 냄새가 있었다. 개울가 집에서 흔히 나는 물비린내와 시궁창 냄새, 퀴퀴한 곰팡이 냄새, 미군들의 누린내와 짙은 향수 냄새가 알코올 냄새와 뒤섞여 야릇한 냄새를 풍겼다. 그 낯선 냄새만큼이나 묘한 게 해자네 식구들의 관계였다.

해자네 언니들은 해자 엄마를 엄마라고 불렀다. 그러나 그 관계를 가족이라고 할 수는 없었다. 해자 엄마와 언니들은 늘 돈 문제로 다퉜고 때로는 머리채를 잡았다. 얼핏 보면 악어와 악어새 같은 공생 관계로도 보였지만 언제나 돈에 쪼들리는 건 언니들이었다. 그런데도 가족으로 묶여 있는 것이 해자네 집에서 나는 야릇한 냄새만큼이나 낯설고 거북했다.

"엄마, 오늘부터 시험 끝날 때까지 해자네 집에서 공부할게."

엄마는 스웨터 앞판에 꽈배기 무늬를 넣기 위해 콧수를 세느라 정신이 없었다.

"엄마, 나 오늘 해자네 집에서 밤샌다고."

그제야 엄마가 뜨개질감을 치마 위에 내려놓으며 이맛살을 찌푸렸다.

"아버지가 너 자꾸 해자네 집에 가는 거 못마땅해하는데……."

"그럼 어떡해. 다음 주가 기말고산데. 진작 전기장판 사 달라니까."

"네 방은 전기장판 깔아도 웃풍이 심해서 소용없어."

"그럼, 어떡하라고. 안방에는 텔레비전 틀어 놔서 시끄러운데, 독서실도 가지 마라, 재민이네도 안 된다. 그럼 난 어디서 공부해? 부엌에 나가서 해?"

엄마는 한숨을 쉬었다. 내가 중학생이 되자 집주인인 당고모는 잡동사니를 넣어 두던 문간방을 공부방으로 쓰라고 내주었다. 그렇게 바라던 공부방이 생겼지만, 아궁이가 없는 방이라 겨울에는 무용지물이었다. 공부방 하나 제대로 마련해 주지 못해 속상해하는 걸 뻔히 알고 나는 일부러 엄마 아픈 곳을 건드렸다. 엄마한테는 미안했지만, 그렇지 않으면 해자네 집에서 밤새는 걸 허락하지 않을 터였다.

"밤에 골목 돌아다니고 그러지 마."

"그런 건 걱정 마."

엄마는 걱정스럽게 나를 보다가 이내 뜨개실을 잡았다.

그 무렵 엄마는 부업으로 뜨개질을 하고 있었다. 미군들은 손뜨개 옷을 좋아했다. 그래서 보산리나 큰 시장에 있는 편물 가게는 늘 장사가 잘됐다. 편물 가게에서는 물건이 달리면 주부들한테 일감을 맡겼다. 반찬값이라도 벌겠다고 편물 가게 일을 하던 동네 아줌마들은 나중에는 수출품 회사에서 하청을 받아 뜨개질을 했다. 아버지는 엄마가 하루 종일 뜨개질하는 걸 궁상맞다며 싫어했다. 하지만 엄마는 어깨가 결린다면서도 뜨개바늘을 놓지 않았다.

엄마 아픈 곳을 찔러 찜찜하던 마음은 자전거에 올라탄 순간 사라졌다. 페달을 조금만 세게 밟으면 차가운 바람이 얼굴을 덮쳐 왔다. 기분이 좋았다. 멀리 남산머루 쪽으로 해가 뉘엿뉘엿 지고 있었다. 어설픈 휘파람까지 불며 브라보홀 옆 골목에 들어설 때였다. 해자네 집 앞에 사람들이 모여 있었고, 여자 비명이 들렸다. 사람들 틈새로 보이는 건 목발을 휘두르는 해자 아버지

뿐이고 쓰러져 있는 이가 누군지는 알 수 없었다. 나는 급하게 자전거를 골목 귀퉁이에 세워 놓고 둥그렇게 모여 옥시글거리는 사람들 사이를 비집고 들어갔다. 어둑어둑해지는 때라 가까이 가도 길바닥에 쓰러진 여자가 누군지 잘 보이지 않았다. 여자는 영하로 떨어진 그 추운 날씨에도 민소매 차림에 핫팬츠만 입고 있었다. 며칠 전 내린 눈이 땅바닥에 얼어붙어 몹시 추울 텐데도 여자는 어깨만 들썩거릴 뿐 일어날 생각을 안 했다. 해자 아버지가 소리를 지르며 다시 목발을 들어 올릴 때였다. 골목 어귀에서 해자 엄마가 달려오며 소리를 쳤다.

"이 웬수야! 그만두지 못해! 저 영감탱이가 진짜 미쳤나."

그 소리에 해자 아버지가 주춤했다. 그제야 구경하던 사람들이 쓰러져 있던 여자를 부축해 일으켜 세웠다. 막 켜지기 시작한 가로등 불빛에 쓰러졌던 여자 얼굴이 보였다. 미자 언니였다. 미자 언니가 피가 흐르는 입술을 악물고 중얼거렸다.

"죽여라, 죽여! 차라리 죽여!"

"이 쌍년이, 증말!"

해자 아버지가 또다시 목발을 들어 올렸지만 해자 엄마가 가로막았다.

"야, 이 영감탱이야, 미쳤어? 일 나갈 애를 왜 패! 병신 돼서 왔으면 고분고분하게나 있지, 왜 애 몸에 상처를 내!"

해자 엄마가 목발을 낚아채며 악다구니를 질러 댔다.

"저 년이 술 처먹고 꼬장을 피우니까 그렇지."

조금 전 목발을 휘두르며 고래고래 소리를 지를 때와 달리 주눅이 든 목소리였다.

"술 처먹고 꼬장을 피우든 말든 왜 당신이 간섭이야. 언제 애들한테 신경이나 썼어? 애를 저 지경으로 만들면 며칠을 공칠 텐데. 그 손해를 어떻게 할 거야? 정말 인생에 도움이 되는 게 없어."

해자 아버지는 그 서슬에 점점 움츠러들었다. 나는 미자 언니가 다친 것보다 돈 걱정을 먼저 하는 해자 엄마 말에 소름이 돋았다.

"야, 애 빨리 데리고 들어가!"

해자 엄마가 소리치자 언니들이 미자 언니를 부축했다. 사람들이 흩어지고, 미자 언니가 집 안으로 들어간 뒤 해자 아버지는 민망한 듯 골목을 서성이다 슬그머니 담배 가게로 들어갔다. 아무 일도 없었다는 듯 순식간에 해자네 집 앞 골목은 조용해지고 어둠 속에서 클럽과 상점의 네온사인이 켜지기 시작했다. 해자네 집에서 공부하기는 다 틀렸다. 허탈한 마음으로 다시 자전거에 올라탔을 때, 브라보홀이 열리더니 해자가 튀어나왔다.

"너 뭐야! 왜 거기서 나와?"

"아버지 때문에 숨어 있었지."

"아까 맞은 사람 미자 언니 맞지?"

"응."

"왜 그런 거야?"

"미자 언니네 엄마가 돌아가셨는데 동생들이 오지 말라고 그랬대. 창피하다고. 돈만 보내라고 그랬대. 미자 언니가 어젯밤부터 오늘 아침까지 계속 술만 마셨어. 죽으려고 환장을 한 거지. 미친년."

"야, 언니한테 미친년이 뭐야?"

"미쳤으니까 미친년이라고 하지. 안 미쳤으면 그렇게 자기를 업신여기는 사람들한테 돈을 보내냐? 그리고 오지 말란다고 안 가냐? 나 같으면 몽둥이를 들고 가서 동생들 다 패 줄 거야. 왜 그 더러운 양갈보 돈은 받아 처먹냐? 아주 싸가지가 없어요. 미자 언니는 중학교도 중퇴했는데, 셋째 동생은 대학까지 보내 달랜대. 돌아 버려요, 내가."

미자 언니는 해자네 집에서 가장 오래 살았다. 나이가 꽤 많은 편이지만, 얼굴이 예쁘고 춤을 잘 춰서 미군들한테 인기가 많았다. 미자 언니는 고향이 목포 앞바다에 있는 작은 섬이라고 했다. 우리를 보면 우리 또래 동생들이 생각난다며 살갑게 대했다. 우리가 공부하고 있으면 방문을 열고 간식거리도 넣어 주고 술에 취하면 넋두리하듯 고향 이야기를 해 주기도 했다. 미자 언니는 늘 목감기가 걸린 것처럼 걸걸한 목소리로 문주란이나 윤복희 노래를 흥얼거렸다. 노래를 썩 잘하는 것은 아니었지만 한때 가수가 꿈이었다고 했다. 언젠가 미자 언니가 우리한테 꿈 이야기를 해 주었을 때 해자가 놀리듯 말했다.

"와, 언니한테도 그런 꿈이 있었어?"

그때 언니는 조금 서글픈 목소리로 말했다.

"야, 이년아. 아무렴 내 꿈이 양갈보였겠나?"

"미자 언니 괜찮을까?"

"몰라. 괜찮겠지 뭐. 원래 술 취한 사람은 별로 안 다친대."

해자는 아무렇지도 않은 듯 대꾸했지만 내심 꽤 걱정되는지 자꾸 담배 가게 쪽으로 고개를 돌렸다.

"그나저나 오늘 우리 집에서 공부 못 하겠다."

"알아. 근데 너희 엄마 아버지 또 싸우겠다."

"아니야. 오늘처럼 우중충한 날에는 울 엄마도 아버지 잘 안 건드려. 우리 아버지는 흐린 날이랑 비 오는 날 더 난폭해지잖아. 작년까지는 한여름에만 좀 심하더니 이젠 여름이고 겨울이고 가리지 않는다. 꼭 미친 사람 같아."

해자가 하늘을 올려다보았다.

"정원아. 꼭 눈 올 거 같지 않냐?"

해자를 따라 하늘을 올려다보았지만 이미 해가 져 잘 보이지 않았다. 하지만 코끝을 스치고 지나가는 바람이 축축한 게 정말 눈이 올 것 같았다.

"눈이라도 오면 좋겠다."

"내가 너희 집까지 바래다줄게."

"됐어. 자전거 타고 왔는데, 뭐."

"그래도 그냥 같이 걸어가. 너 가면 나 집에 들어가야 되잖아."

해자는 집에 들어가기 싫은 눈치였다. 우리는 일부러 브라보 홀을 지나 미군부대 쪽으로 한 바퀴 돌아가기로 했다. 날이 어두워지자 보산리 골목은 더 화려하게 피어났다. 클럽과 상점마다 울긋불긋한 네온사인을 켜고 화장을 한 여자들이 이 골목 저 골목에서 쏟아져 나왔다. 크고 작은 클럽에서 틀어 대는 음악 소리와 미군들이 지르는 괴성으로 보산리는 금세 딴 세상으로 바뀌었다.

보산리를 벗어나자 길이 어두워졌다. 집집마다 새어 나오는 백열전구의 붉은빛과 형광등의 푸른빛이 오늘따라 슬프게 보였다. 이런 날 눈이 내린다면 기분이 나아질까 아니면 더 슬퍼질까. 눈이 오길 바랐지만 우리 집 대문 앞에 다다를 때까지 눈은 내리지 않았다. 골목 앞에서 맥없이 터덜터덜 보산리 쪽으로 되돌아가는 해자 뒷모습에 괜스레 코끝이 찡해졌다.

기지촌에서는 싸움이 흔했다. 여자와 여자가, 미군과 여자가, 미군과 미군이, 여자와 포주가 하루도 거르지 않고 싸웠다. 해자네도 마찬가지였다. 해자 아버지와 해자 엄마, 해자 엄마와 해자 오빠, 해자 아버지와 클럽 언니들 싸움이 그치질 않았다.

해자 아버지는 해자가 일곱 살 때 월남에 갔다가 2학년 때 돌아왔다. 해자 아버지는 원래 직업군인이었다. 전곡이 고향이라는 해자 아버지는 땅 한 뙈기 없는 가난뱅이 농사꾼의 장남으로 태어났다. 해자 아버지가 직업군인이 된 건 배운 것, 가진 것 없는 사람이 어깨 펴고 당당하게 살 수 있는 게 군인밖에 없었기 때문이란다. 하지만 해자 엄마는 늘 쥐꼬리만도 못 한 월급으로 시부모를 모시고 4남매를 키우는 게 너무 버거웠다.

어느 날 해자 엄마는 누가 월남에 가서 돈을 많이 벌어 왔다는 얘기를 들었다. 해자 엄마는 가기 싫다는 해자 아버지를 억지로 등 떠밀어 월남으로 보냈다. 해자 아버지는 한국에서 받는 월급보다 훨씬 많은 돈을 부쳤고, 돌아올 때도 남들은 받지 못한 목돈까지 가져왔다. 월남에서 지뢰를 밟아 발목이 잘린 대가로 받은 보상금이었다. 해자 엄마는 그 돈으로 보산리 판잣집을 샀다. 그리고 먼저 기지촌에 들어와 있던 해자 외삼촌의 도움을 받아 포주가 됐다. 불구가 된 해자 아버지를 위해 문간방을 고쳐 담배 가게를 내주었다. 하지만 담배 가게는 늘 파리만 날렸다. 미제 담배와 미제 껌이 넘치는 보산리 골목에서 한국 담배나 껌이 잘 팔릴 리 없었다. 양색시들이 미군들한테 받은 담배나 향수, 샴푸 따위를 갈취해 팔아먹는 해자 엄마의 미제 물건 장사가 나은 건 당연지사였다. 장사가 잘 되건 안 되건 그래도 해자 아버지는 늘 그 담배 가게를 지켰다.

해자 아버지는 술만 마시지 않으면 순한 사람이었다. 하루 종일 그냥 나무의자에 앉아 골목을 지나는 사람들을 구경하며 담배를 피우거나 담배 가게 한구석에 진열해 놓은 산호초와 커다란 고둥의 먼지를 닦고 윤을 냈다. 베트남에서 가져왔다는 내 머리만 한 고둥과 알록달록 반짝거리는 이국적인 조개들이 처음에는 신기했다. 그래서 나는 담배 가게에 딸린 쪽방에 들어가 해자 아버지 무용담을 자청해 듣기도 했다. 하지만 똑같은 이야기를 듣다 보니 신출귀몰한다는 베트콩 이야기도 시들해지고, 하얀 아오자이를 입은 예쁜 베트남 여자들 이야기도 흥미가 없어졌다. 베트콩을 죽이고 귀를 잘라 목걸이를 만들어 걸고 다녔다는 해자 아버지가 점점 무서워지기도 했다.

해자 아버지는 비가 오거나 우중충한 날이면 술주정이 더 심했다. 평소에는 해자 엄마 서슬에 꼼짝 못 하던 사람이 비만 오

면 폭음을 하고 폭력을 휘둘렀다. 해자는 그때마다 자기 아버지
가 가족들을 베트콩으로 착각하는 것 같다고 했다. 해자 아버
지는 월남에서는 배가 불룩 나온 임산부도, 순진해 보이는 열
살짜리 계집아이나 꼬부랑 할머니도 다 빨갱이 베트콩이었다고
했다. 그래서 월남에 갔다 온 뒤 아무도 믿지 못하는 병에 걸렸
다며 괴로워했다. 해자는 그런 아버지를 불쌍해했다. 보산리에
서 포주 노릇을 하는 동안 악다구니만 늘어 가는 해자 엄마도
고달픈 삶을 사느라 힘겨웠을 텐데, 해자는 늘 그런 엄마를 쌀
쌀맞게 대했다. 엄마 등쌀에 불구가 된 아버지만 생각하면 엄마
가 밉다고 했다.

"우리 아버지 옛날에는 안 그랬어. 우리 전곡리에 살 때 되게
좋았어. 우리 아버지 무뚝뚝해도 진짜 착했거든. 아버지가 월남
만 안 갔으면 우리 여기로 이사 안 왔겠지. 솔직히 그때가 훨씬
낫지. 학비도 다 대 주지, 생활비 적게 들지. 월남에 안 갔으면
우리 아버지가 저렇게 변하지 않았을 거 아냐."

그렇다고 해자가 자기 집 사정을 비관해 우울해하거나 의기
소침해 있는 것은 아니었다. 오히려 해자는 집에 일이 있을 때마
다 너스레를 떨며 씩씩한 척했다. 소심한 나는 해자의 그런 성격
이 부러울 때가 있었지만, 슬프고 아픈 걸 숨기기 위해 위악을
부리는 게 때로는 안쓰러웠다. 해자는 다른 사람들도 자기처럼

안 슬픈 척, 안 힘든 척해 주기를 바랐다. 그런 해자는 경숙이가 미국에 간 뒤 우울해 있는 나를 못 견뎌했다.

"야, 김정원! 넌 도대체 뭐가 그렇게 슬프냐? 임경숙 입양 간 건 자기가 좋아서 제 발로 간 거잖아. 걔가 뭐 튀기처럼 어쩔 수 없이 입양 간 것도 아니고 말이야. 우리 집 언니들이 그러는데 미국에서 웨스트포인트 나온 장교는 꽤 괜찮은 거래. 임경숙은 팔자가 핀 거야. 걔가 보통 여우냐? 걘 너보다도 더 잘살 거야. 따지고 보면 임경숙보다 내가 더 불쌍하지. 안 그러냐?"

"네가 뭐가 불쌍해?"

"왜 안 불쌍하냐? 지금도 엉엉 울고 싶은 걸 억지로 참고 있다구."

"왜?"

내가 깜짝 놀라 묻자 해자는 얼른 낯빛을 바꾸며 너스레를 떨었다.

"아, 또. 김정원, 얼굴 변하는 것 봐. 농담이야. 농담."

하지만 해자 얼굴에 어린 그림자가 농담이 아니라는 걸 말하고 있었다. 무슨 일이냐고 다그쳤지만, 해자는 입을 열지 않았다. 그러고는 가기 싫다는 내 손을 억지로 잡아끌고 읍내로 나갔다.

"이 언니가 오늘 돈이 좀 있걸랑."

해자는 시장 골목에서 어묵도 사 주고 풀빵도 사 주었다. 늘 정해진 용돈만 받는 나와 달리 해자 주머니에는 늘 돈이 떨어지지 않았다. 가끔 집에 있는 언니들 심부름해 주고 돈을 받거나 아버지 없는 가게를 지키며 판 담뱃값을 슬쩍했던 것이다. 나는 그런 해자가 나쁘다고 생각해서 잔소리를 자주 했다. 그러면 해자가 볼멘소리로 말했다.

"우리 집에서 나는 개밥에 도토리야. 울 엄마는 내가 저녁을 먹었는지 안 먹었는지 까먹을 때가 많아. 우리 오빠들 일이라면 발 벗고 나서면서 나 따위에는 신경도 안 써. 솔직히 내가 집에서 하는 일이 얼마나 많냐? 빨래하지, 저녁밥 하지, 아버지 술 먹고 땡땡이치면 담배 가게 보지. 솔직히 울 엄마랑 아버지가 알아서 용돈을 주면 이렇게 안 하지. 내가 받을 거를 당연히 받는 거니까 나쁜 짓이 아니야."

그날도 해자는 아버지 돈통에 손을 댄 것 같았다. 우리가 좋아하는 선물의 집에 들어가 이것저것 골랐다.

"정원아, 이 편지지 예쁘지? 스누피다. 와, 이 수첩도 정말 예쁘다. 정원아, 너도 엽서 사 줄까? 이거 봐. 미키마우스다. 이것도 사야지."

"야, 민해자. 너 그런 거 다 있잖아."

"아니야. 이런 건 없어."

그날따라 해자가 몹시 불안해 보였다. 읍내에 나간 것도 나를 위해서라기보다는 자기 스스로 무언가에 위로를 받고 싶어서인 것 같았다. 나는 해자가 고른 학용품과 인형을 빼앗아 다시 진열대에 놓았다.

"너 무슨 일 있지?"

"아니라니까 왜 자꾸 그래?"

"거짓말 마. 넌 뻔해. 안 좋은 일 있으면 뭐 사거나 막 먹거나 둘 중에 하나잖아."

　해자는 내 말에 대꾸하지 않았다. 해자는 가게를 나와서도 집으로 갈 생각을 않고 빙빙 돌았다.

"나 이제 집에 가야 돼. 안 그러면 혼나."

"치사해. 같이 있어 주면 안 되냐?"

　해자가 코맹맹이 소리로 어리광을 피웠다.

"아까는 뭐 날 위로해 준다더니 진짜 속셈은 집에 가기 싫어서 그런 거지?"

"그래. 그래서 어쩔래?"

　해자는 마침 레코드 가게에서 들려오는 엘비스 프레슬리 노래에 발끝을 까닥이며 건들거렸다. 나는 가끔 해자가 어릿광대처럼 보였다. 무대에 오를 때는 알록달록 화려한 복장에 화장을 하고 자신을 숨긴 채 우스꽝스러운 몸짓으로 사람들을 웃기지만, 정작 자기 안에는 깊고 깊은 슬픔을 간직하고 있는 어릿광대 말이다.

"아이참, 그러지 말고 좀 진지하고 솔직하게 말해 봐. 무슨 일이야?"

"진지한 건 김정원 하나로도 족해."

"어쨌든 대강이라도 말해 봐. 어차피 말할 거면서 뭐하러 괜히 뜸을 들이냐?"

해자가 나를 물끄러미 바라보더니 말했다.

"우리 아버지 입원했다."

"입원하셨다고?"

"응."

"왜?"

"우리 아버지 정말 미쳤나 봐. 그저께 우리 집 앞에 있는 컨트리 양복점 주인아저씨랑 미군이랑 실랑이가 붙은 거야. 양키 놈이 옷을 맞춰 놓고 가봉할 때마다 계속 트집을 잡으면서 아니꼽게 굴었나 봐. 주인아저씨가 참다못해 몇 마디 싫은 소리를 했는데 그 양키가 막 가게에 있는 물건을 던지면서 지랄을 했대. 근데 우리 아버지가 그걸 보고 가게로 들어가서 양키를 막았대. 아니, 다리도 멀쩡하지 않은 사람이 왜 거기 끼냐고! 이건 우리 엄마가 한 말이야. 어쨌든 아버지가 목발을 휘두르면서 시비를 건 거지. 그랬더니 그놈이 갑자기 눈이 뒤집히더니 막 욕을 하면서 우리 아버지를 패기 시작했대."

해자는 한번 입을 열자 말을 안 하고 뜸 들인 건 까맣게 잊고 자기가 마치 그 자리에 있었던 것처럼 실감 나게 상황을 설명했다.

"그래서? 어떻게 된 거야?"

"뭘 어떻게 돼. 그 양키 놈은 미군 헌병이 데리고 가고, 우리 아버지는 양복점 바닥에 큰대자로 뻗었지. 아저씨들이 성모병원 데리고 갔는데 갈비뼈가 두 대나 부러지고 귀 뒤가 찢어져 열 바늘이나 꿰맸어."

"갈비뼈가 부러졌다구?"

"응. 두 달 동안 꼼짝없이 누워 있어야 한대. 울 엄마는 아버지 꼴 안 봐서 좋다고 하면서도 병원비 땜에……."

"병원비? 미군이 때린 거라며? 미군이 물어 줘야지."

해자가 코웃음을 쳤다.

"야, 이 멍텅구리야. 너 정말 몰라서 그래? 미군이 한국 사람 때렸다고 병원비 물어 주는 거 봤냐?"

나도 그런 사실을 모르는 건 아니었다. 그냥 얼결에 나온 말이었다. 기지촌 사람들 사이에는 불문율이 있었다. 아무리 억울해도 미군들한테 대들거나 시비를 걸면 안 된다는 거였다. 미군하고 실랑이가 붙으면 무조건 한국 사람만 손해였다. 미군이 한국 사람을 때려서 심하게 다쳤다 해도 병원비 청구는 엄두도 못 냈다.

"병원비는 어떻게 해?"

"몰라. 어떻게 되겠지. 욕쟁이 아저씨가 상가 친목회 회장이라 나서서 돈을 좀 걷어 주긴 했는데……. 참, 정원아, 우리 집에서 공부하자."

"너희 집에서?"

"너희 엄마가 우리 집에서 자는 거 별로 안 좋아하는 거 아는데, 솔직히 좀 무섭다. 오늘은."

"뭐가 무서워?"

"오늘 울 엄마 병원에서 자거든. 엄마가 어제는 아버지 병실에도 안 갔어. 너무 열 받아 가지고. 그런데 오늘은 마음이 좀 그런가 봐. 가서 잘 거래."

"알았어."

그날도 나는 해자네 집에 가기 위해 엄마랑 한참 실랑이를 벌였다. 해자 혼자 집에 있어야 한다는 말에 할 수 없이 허락했지만, 한편으로는 우리 둘만 그 집에 있어야 한다는 사실 때문에 엄마는 걱정이 더 많은 듯했다.

"문단속 잘 하고. 괜히 쓸데없이 수다만 떨지 말고."

"알았어요."

엄마는 해자네 집에 가는 걸 못마땅해하면서도 혼자 있는 해자를 위해 고구마와 찐빵을 쪄 주었다.

"미자 언니 방에서 공부하자. 거기가 웃풍이 제일 없어."

미자 언니 방은 해자네 집에서 가장 넓었지만 침대와 화장대, 비키니장, 일인용 소파 하나로도 꽉 찬 데다 겨울이라 연탄난로까지 들여놔 여유 공간이 거의 없었다. 우리는 분홍색 레이스 커튼이 달린 침대 위에 교과서와 문제집을 펼쳐 놓았다. 연탄난로가 있었지만 아귀가 맞지 않는 미닫이문 사이로 황소바람이 들어와 침대 위에 앉아서도 이불을 뒤집어쓰고 있어야 할 정도로 추웠다. 방에 들여놓은 걸레는 이미 꽁꽁 얼어 있었다.

"민해자, 오늘은 말 시키지 마. 나 오늘 정말 공부할 거야."

나는 해자한테 다짐을 받아 두려고 했다. 그렇지 않으면 시험 공부고 뭐고 다 망칠 게 뻔했다.

"내가 언제 너 공부할 때 말 시키는 거 봤냐? 걱정 마. 나도 공부할 거니까."

해자는 짐짓 진지하게 말했지만 10분을 못 넘겼다.

"나 오늘 저녁도 못 먹었는데⋯⋯. 이것 좀 먹고 해야지. 정원아, 너도 먹을래?"

해자는 내가 싸 온 고구마와 찐빵을 펼쳐 놓고 싱글거리며 물었다.

"아니, 난 됐어."

"그래? 그럼 나 혼자 먹을게, 고마워."

해자는 고구마와 찐빵을 혼자 게걸스럽게 다 먹어 치웠다. 그러고 나서도 공부할 생각은 전혀 없어 보였다. 쉴 새 없이 들락날락하고 뭘 하는지 부스럭거려서 도무지 집중할 수가 없었다.

"민해자. 제발 그만 뻔둥거리고 공부 좀 해라."

"신경 쓰지 말라니까."

"어떻게 신경을 안 쓰냐? 계속 부스럭대는데."

내가 투덜대자 해자는 갑자기 머리를 쥐어뜯으며 괴롭다는 표정을 지었다.

"미안해. 나도 공부를 하고 싶긴 한데, 도무지 머리에 들어오질 않아. 머리가 하도 딴딴해서 외워지지가 않아. 나 정말 돌머리인가 봐. 흑흑."

"장난치지 말고 좀 진지해 봐라."

"장난이 아니라니까. 나도 노력은 한다니까. 근데 책을 들여다봐도 하나도 모르겠어."

"그러니까 수업 시간에 잘 들었어야지. 수업 시간에는 자고……."

"잔소리는 그만."

해자는 제 손바닥으로 내 입을 막고 시계를 올려다보며 딴청을 했다.

"경숙이는 지금쯤 미국에서 스테이크를 썰고 있겠지?"

"모르지."

"걘 잘살 거야. 그런데 걔가 간 데가 어디래?"

"몰라. 메릴랜드라던가?"

"거기 할리우드에서 가까운 데냐?"

"아닐걸. 경숙이가 간 데는 뉴욕에서 가깝고, 할리우드는 엘에이 옆이니까 끝에서 끝이지."

"뉴욕? 거기가 그거 있는 데지? 자유의 여신상."

"아마 그럴걸."

"캬, 임경숙 걔는 정말 좋겠다. 나도 입양이나 갈까?"

"뭐라구?"

"야, 그렇게 어이없는 얼굴로 보지 마. 요즘 우리 집 돌아가는 걸 보면 차라리 입양 가는 게 나을 거 같아서 그래."

"그래도 식구들끼리 있는 게 좋은 거야."

"식구들? 이 잘난 식구들 있어 봤자 뭐하냐? 서로 원수보다 더 으르렁거리는데. 있잖아, 요즘 울 엄마가 나보고 고등학교 갈 생각 말고 기술이나 배우라고 그러거든. 너 어떻게 생각해?"

"기술?"

"응. 미용이나 양재 뭐, 그런 거. 근데 난 진짜 손재주 없잖아. 그래서 고민이야."

"너희 집 그렇게 돈이 없어?"

"그렇지 뭐. 지난번에 우리 집에 있는 언니 맹장 걸리는 바람에 수술했지, 우리 오빠들 둘이나 고등학교 다니지. 이번에 우리 아버지 저렇게 됐지. 그리고 요새 언니들도 수입이 별로래. 거기다 내가 워낙 공부를 못 하니까, 뭐."

"그래도 고등학교는 나와야지."

"난 고등학교 가기 싫어. 지금도 하기 싫은 공부를 앞으로 5년을 더 해야 한다니. 생각만 해도 끔찍해. 난 중학교만 졸업하면 여기 뜰 거야. 구로 공단에 취직해서 돈 벌어 가지고 가요 학원에 다닐 거야."

"가요 학원?"

"응. 왜 저기 가구점 언니 있잖아. 그 언니 서울에서 가요 학원 다닌대. 거기서 노래 잘하면 미 8군 무대 같은 데 소개해 준다고 했대. 근데 솔직히 그 언니보다 내가 낫지 않냐?"

해자는 초등학교 때부터 꿈이 뭐냐고 물으면 무조건 가수라고 했다. 노래를 썩 잘하는 건 아니지만 유명한 가수나 코미디언 흉내만큼은 알아줬다. 춤 솜씨는 김추자나 펄시스터즈, 토끼소녀보다 나았다. 그래서 학년이 바뀔 때마다 오락부장을 도맡아 했다.

해자는 끼가 넘쳐 나는 아이였다. 하지만 해자네 집은 그런 끼를 제대로 펼 수 있도록 도와줄 능력이 안 됐다. 해자는 잠시 시무룩했던 기분을 떨쳐 내려는 듯 침대에서 내려가더니 필통을 마이크 삼아 노래를 시작했다. 클리프 리처드, 비틀스, 엘비스 프레슬리에다 남진, 나훈아, 김추자에서 김세레나 노래까지 두루 부르고 난 뒤에야 땀을 식힌다고 밖으로 나가며 말했다.

"아, 배고파. 역시 스트레스에는 노래가 최고야. 야, 김정원 너라면 먹을래?"

어처구니없는 해자 행동에 나는 웃음을 터뜨리고 말았다.

"너나 먹어."

"그렇게 안 먹으니까 키가 반 토막이지. 나처럼 먹어 봐라. 이 늘씬한 키!"

해자는 해해거리며 밖으로 나가더니 정말로 양은 냄비에 물을 받아 왔다.

"두 개면 되겠지?"

"난 안 먹는다니까."

"정말 안 먹어? 그럼 하나 반만 끓일까?"

해자는 콧노래를 흥얼거리며 꼬챙이로 난로 뚜껑을 열었다. 금세 방에 연탄가스 냄새가 진동했다.

"어휴. 그냥 뚜껑 닫고 끓여."

"이래야 빨리 끓어. 배고파 죽겠단 말이야."

"이러다 연탄가스 맡고 죽겠다."

"걱정 마라. 이 언니는 날마다 이렇게 하는데도 멀쩡하게 잘 살잖냐."

잔소리 따위 아랑곳하지 않고 해자는 기어코 난로 위에다 양은 냄비를 올렸다. 나는 할 수 없이 침대에서 내려와 방문을 살짝 열었다. 그 좁은 문틈으로 들어오는 바람에도 손이 시렸다. 해자는 춥지도 않은지 젓가락으로 난로 연통을 두드리며 노래를 했다.

"저 푸른 초원 위에 그림 같은 집을 짓고……."

그때였다. 빠끔히 열려 있던 방문이 갑자기 벌컥 열리며 허여멀건 미군 얼굴이 쑥 들어왔다. 나는 너무 놀라 다시 침대 위로 올라가 앉았다. 하지만 해자는 태연하게 냄비에 라면 수프를 털어 넣더니 손짓을 해 가며 말했다.

"미자 노. 미자 노. 미자 고우 클럽."

미군은 해자 말을 못 알아들은 건지 신발을 신은 채 마루로 올라왔다. 찬 바람과 함께 술 냄새가 확 끼쳤다. 나는 너무 무서워 아예 침대 위에서 일어나 버렸고, 해자도 겁이 났는지 난로 뒤로 뒷걸음질 치며 다급하게 소리쳤다.

"미자 없어. 노. 노."

그래도 미군은 비척거리며 계속 다가왔다.

"베이비, 캄 온. 캄 온."

그러면서 미군이 가죽점퍼 안에서 초콜릿을 꺼냈다. 은박지로 싼 납작하고 동그란 모양의 초콜릿이었다. 미군은 초콜릿을 해자 앞으로 내밀고 손가락을 앞뒤로 까딱거리며 다가오고 있었다. 해자가 침대 바로 앞까지 왔을 때 미군의 우악스러운 손이 해자 허리를 잡았다. 미군이 해자를 번쩍 들어 올려 침대에 앉혔을 때 다행히 미자 언니가 마루로 뛰어 올라왔다.

"야, 너희들 거기서 뭐 해!"

미자 언니는 손에 들고 있던 가방을 던지고 미군 곁으로 가서 말했다.

"허니! 스탑. 스탑."

미군이 해자에게서 손을 떼고 돌아보자 미자 언니는 얼른 다가가 목을 감싸 쥐고 입을 맞추더니 귀에다가 무슨 말인가를 속삭였다. 그러고는 미군에게서 초콜릿을 받아 해자 손에 쥐어 주며 떨리는 소리로 말했다.

"이년아, 빨리 나가. 죽으려고 환장했니? 다시 여기 들어오면 너 죽고 나 죽어!"

나는 부리나케 교과서만 대충 챙겨 마당으로 뛰어 내려왔다.

하지만 해자는 서두르지 않고 초콜릿을 주머니에 넣고 스웨터 소매를 늘어뜨려 라면 냄비까지 들고 밖으로 나왔다. 그러고는 마당 한가운데 서서 외쳤다.

"갓 뗌."

나는 다시 미군이 튀어나올까 봐 겁이 났다. 하지만 닫힌 방문 너머로 언니 목소리만 들렸다.

"이 쌍년아, 빨리 가. 겁도 없이."

해자가 라면 냄비를 마루에 놓더니 갑자기 안방 문을 열어젖혔다. 그러더니 방 안에 대고 소리를 질렀다.

"엄마! 엄마!"

해자가 방문을 신경질적으로 닫았다.

"참, 아무도 없지. 하여튼 우리 엄마는 필요할 때마다 없어."

그러더니 해자가 뒷문으로 나갔다. 나도 해자를 따라 둑으로 나가 섰다. 개울을 타고 매서운 북풍이 올라와 금세 뺨이 얼얼해졌다. 바람은 우리를 지나 축대 옆 판잣집의 허름한 벽과 슬레이트 지붕을 흔들어 댔다. 해자는 담벼락에 기대 허공을 바라보았다. 개울 건너 축대를 따라 미군부대 가로등이 반짝거리고 그 뒤로 남산머루 산 그림자가 어른거렸다.

"소름 끼쳐. 아까 너무 무서웠지?"

내가 허공을 바라보며 진저리를 치자 해자는 아까 미군한테 받은 초콜릿을 우물거리며 말했다.

"하루 이틀 당하는 것도 아닌데 뭐. 이거나 먹어."

"싫어. 난."

미군의 능글능글한 눈빛이 생각나 그 초콜릿을 먹으면 다 토해 버릴 것 같았다. 가슴을 가라앉히고 주위를 둘러보니 둑에 나와 앉은 사람은 우리뿐이 아니었다. 어둠 속에서 몸을 웅송그리고 앉아 담배를 피우는 여자들이 있었다. 둑을 따라 빨간 담뱃불이 점점이 이어져 있었다. 깜박거리는 담뱃불도 그렇게 슬퍼 보일 수 있다는 것을 처음 알았다. 그리고 그 여자들의 삶도 손끝의 담뱃불처럼 곧 꺼지고 버려지고 짓밟힐 것처럼 느껴졌다.

해자는 한참 동안 아무 말도 않고 초콜릿만 연신 입으로 구겨 넣었다. 그러더니 갑자기 어둠에 싸인 남산머루를 향해 소리쳤다.

"아! 정말 기분 거지발싸개 같다."

나는 해자가 겉보기와 달리 겁이 많고 마음이 여린 아이라는 걸 알고 있었다. 해자가 아무리 너스레를 떨어도 마음속에서는 천둥이 치고 회오리바람이 불고 있을 거라는 걸 짐작하고도 남았다. 나는 한참 말없이 있다가 해자 숨이 차분해진 뒤 조심스레 물었다.

"해자야, 오늘 우리 집에 가서 자자. 내 방이 좀 춥긴 하지만. 당고모한테 전기장판 빌릴 수 있거든."

해자는 내 말이 채 끝나기도 전에 잘라 말했다.

"싫어. 괜찮아. 너나 가. 통행금지 되기 전에."

해자는 겁 많은 나를 위한답시고 브라보홀을 지나 제일목욕탕 앞까지 배웅했다.

"그냥 우리 집에 가자."

"와, 눈 온다."

해자가 대꾸는 하지 않고 손을 뻗으며 소리쳤다. 정말 눈이 내렸다. 제법 굵은 눈발이 바람에 나풀거리더니 곧 함박눈이 되어 떨어지기 시작했다.

"어서 가. 나 갈게."

해자는 정말 아무렇지도 않다는 걸 보여 주려는 듯 성큼성큼 걸어서 술 취한 미군과 양색시가 휘청거리는 보산리 골목으로 돌아갔다. 펑펑 내리기 시작한 함박눈에 가려 해자 모습이 이내 사라졌지만 나는 한참 동안 그 길에 서서 보산리를 바라보았다.

동두천을 떠나 서울로 전학을 온 뒤 해자와 나는 이틀이 멀다 하고 편지를 주고받았다. 해자 엄마가 집안의 기둥이라고 치켜세우던 큰오빠가 대마초로 감옥에 갔다는 이야기도 편지에

썼고, 고등학교 진학을 포기하고 의정부에 있는 미용실에서 일하며 겪는 이야기들도 전해 왔다.

영원할 것 같던 우리들의 달뜬 그리움은 고등학교를 졸업하기도 전에 끝났다. 해자는 의처증과 술주정이 점점 심해지는 아버지를 기도원으로 보냈다는 소식을 전한 뒤 아예 편지를 끊어버렸다.

그 뒤 해자 이야기를 들은 건 대학 때였다. 신촌에서 우연히 만난 초등학교 동창은 해자에 대해 심드렁하게 말했다.

"해자 걔, 자기 집 드나들던 미군한테 당하고 정신이 좀 이상해졌어. 기도원에 들어갔다 나와서 의정부로 갔다는 얘기도 있고. 나도 잘 몰라."

윤희 언니

철이 들고, 세상에 눈을 뜨면서 동두천과 그곳에서 만났던 사람들에 대한 이해도 조금씩 깊어졌다. 이미 기억 속에만 남은 사람들이지만 기지촌 여성에게도, 미군부대 쓰레기통을 뒤져 구한 식품을 식당에 넘기거나 미제 물건을 팔아 생계를 이어 가던 이들에게도 연민의 감정을 갖게 되었다. 하지만 힘없이 무너지는 사람들에게 철저히 무관심하던, 눈에 훤히 보이는 불의에 어떤 저항도 하지 않던 어른들 행동은 쉽사리 용서가 되지 않았다. 미군이 그들의 생사여탈을 좌지우지한 권력이었다는 것을 이해하는 데는 시간이 더 필요했다. 세상으로 한 걸음 한 걸음 나갈 때마다 내가 맞닥뜨린 것은 가진 자들의 탐욕과 폭력,

힘없는 자들의 위선과 비겁함이었다. 세상은 무조건 위만 보고 가라 했다. 하지만 나는 발밑에 스러진 숱한 그림자를 무시할 수 없었다.

그런데……, 지금의 나는 어떠한가. 지금의 나는 그토록 경멸 했던 어른들 모습 그대로였다. 정아가, 정아가 사랑한다는 그 네 팔 청년이 떠올랐다. 기지촌을 시대의 그림자로 묻어 두고 잊고 자 했던 이들처럼 나는 지금 정아와 네팔 청년의 사랑을 외면하 고 묻어 버리려 하고 있다. 수치심에 얼굴이 달아올랐다.

더는 보산리 골목을 헤맬 자신이 없어 다시 미군부대 쪽으로 나왔다. 오후가 되자 부대 앞 상가도 문을 열었다. 가게들을 찬 찬히 살피며 걸었다. 선물 가게에는 여전히 태극기와 호랑이 등 이 그려진 조잡한 기념품들이 있었고, '러시아, 네팔, 파키스탄, 필리핀 돈 환전'이라고 쓴 환전소도 눈에 띄었다. 20년이 훨씬 지났음에도 옷 가게에는 여전히 백인이 찾는 옷과 흑인이 찾는 옷이 나뉘어 걸려 있었다.

간판을 하나하나 읽어 가다 드디어 낯익은 간판을 찾아냈다. '커스텀 테일러', 흑인을 상대로 트레이닝복이나 양복을 만들어 팔던 가게가 아직 그곳에 있었다. 흑인이 좋아하는 선명한 원색 양복과 화려한 수를 놓은 옷도 여전했다. 방금 문을 연 듯 주인

손놀림이 부산했다. 나는 그 옛날의 어느 날처럼 쇼윈도에 이마를 바싹 대고 가게 안을 살폈다. 26년 전 어느 날, 나는 이 앞을 지나다 가게 안에 있는 흑인 미군과 그의 팔짱을 낀 윤희 언니를 보았다. 그때 나는 그대로 얼어붙어 쇼윈도를 들여다보고 있었다. 그러다 미군과 눈이 마주쳐 도망치듯 그곳을 떠났다.

윤희 언니는 어릴 때부터 내 우상이었다. 누가 예쁜지 안 예쁜지를 따지거나 혹은 똑똑한지 아닌지를 가릴 때 내 기준은 언제나 윤희 언니였다. 나는 언니가 읽는 책, 언니가 좋아하는 노래를 들으며 자랐고, 언니 머리 모양, 옷맵시를 흉내 내려 애썼다. 당고모네 4남매 중 유일한 딸이었던 언니 역시 나를 친자매 이상으로 잘 챙겨 주고 예뻐했다. 언니는 나보다 일곱 살이나 많았지만 서로 통하는 게 많았다.

우리가 윤희 언니네와 한집에 살기 시작한 것은 내가 막 두 돌이 지났을 때였다. 아버지는 그때까지도 기자의 꿈을 버리지 못하고 신문사를 기웃거렸고, 엄마가 젖먹이인 나를 업고 병풍이나 한복에 자수를 놓아 생계를 잇고 있었다. 한국전쟁 때 평안도 안주에서 월남한 아버지에게 유일한 피붙이였던 당고모는 보다 못해 아버지를 동두천으로 불렀다. 월남해서 미군부대에 취직한 당고모부는 눈치가 빠르고 수단이 좋아 부대에서 가장 알짜배기라는 식당에서 일했다. 당고모부는 돈을 꽤 모았고 집도 한 채 있었다.

당고모부는 아버지에게 조금만 약게 굴면 장사 밑천이라도 벌어 나갈 수 있다고 장담했지만, 아버지는 당최 약지 못했다. 동두천에 온 지 10년이 넘도록 장사 밑천은커녕 전세금조차 제대로 모으지 못했고, 우리는 계속 당고모네 문간방에서 보증금 없는 월세를 살았다. 당고모네는 아들들을 서울로 유학 보내고 과외까지 시킬 정도였다. 한도 끝도 없이 돈을 쓸어 모을 것 같던 당고모부가 췌장암으로 돌아가신 것은 윤희 언니가 고3 때였다. 전세금만 마련되면 당고모 집을 떠나려던 엄마 계획은 허사로 돌아갔다. 당고모가 아버지한테 아이들이 클 때까지만이라도 옆에서 보살펴 달라고 간곡히 부탁했기 때문이다. 아버지는 당신보다 열대여섯 살이나 많은 당고모를 누나처럼 엄마처럼 따랐던 터라 당고모 부탁을 거절하지 못했다.

당고모부가 살아 계실 때만 해도 남부럽지 않던 당고모네 살림살이도 금세 바닥이 드러났다. 큰오빠가 서울에서 사립대에 다니고 있어 학비에다 생활비까지 만만치가 않았다. 둘째 오빠가 군에 있어 다행이었지만 윤희 언니 바로 아래 동생인 셋째 오빠마저 고등학교를 서울로 진학한 터였다. 하지만 당고모는 오빠들 교육을 포기하지 않았다. 대신 아버지한테 윤희 언니를 미군부대에 취직시키라고 압력을 넣었다. 처음엔 펄쩍 뛰던 아버지도 결국 윤희 언니를 미군부대 사무 보조원으로 취직을 시켰다. 첫 출근을 하던 날, 아버지 자전거 뒤에 탄 언니는 어느 때보다 예뻤다. 교복 대신 우윳빛 블라우스에 감색 치마를 곱게 차려입은 언니는 정말 눈이 부셨다. 그렇게 예쁜 언니가 미군부대로 간다는 게 왠지 슬펐다. 언니는 딱 3년만 일하고 대학에 갈 거라며 오히려 나를 위로했다.

취직한 지 얼마 지나지 않아 언니는 날마다 미군들이 가져다주는 향수며 초콜릿을 싸 들고 왔다. 언니는 첫 월급을 타자 서른 권짜리 세계문학과 한국 단편 문학 전집 따위를 월부로 들여놓았다. 나는 언니가 가져다주는 초콜릿을 녹여 먹으며 마음껏 책을 읽을 수 있어 무척 행복했다. 언니는 같은 미군부대 다니는 아버지한테서는 얻을 수 없던 파카 볼펜이랑 노란 미제 연필도 가져다주었다. 게다가 월급날이면 읍내 책방에 데리고 가서 내 마음에 드는 책을 한 권씩 사 주었다. 나는 언니가 미군부대에 다니는 게 점점 좋아졌다.

윤희 언니가 미군부대에 다니는 걸 나보다 더 좋아한 사람은 당고모였다. 당고모는 언니가 선물로 받아 오는 향수와 화장품을 팔아 푼돈을 벌었다. 미제 물건 장사에 맛 들인 당고모가 언니한테 주문하는 물건이 점점 많아졌다. 샴푸, 콜드크림, 파운데

이션……. 당고모는 큰오빠가 대학만 졸업하면 윤희 언니가 고생한 걸 다 보상해 줄 거라 했다. 하지만 당고모가 말하는 그날이 쉽게 올 것 같지는 않았다. 제대한 둘째 오빠마저 복학해 아들 셋이 다 서울에 있게 되었다. 남자는 무조건 서울로 보내야 한다는 게 당고모 지론이었다. 시간이 지날수록 윤희 언니 표정이 어두워졌다. 언니 다락방에 올라가 보면 읽던 책이 펼쳐진 채 며칠씩, 혹은 몇 주씩 그대로 책상 위에 놓여 있었다.

언니 퇴근 시간이 늦어지기 시작했다. 그때부터 내 마음 한구석에 뭔지 모를 불안이 똬리를 틀었다. 언젠가 크림빵을 준다기에 친구와 같이 갔던 교회의 목사 말도 떠올랐다. 그 목사는 여자들 입술이 피로 물들고 머리가 사자 머리가 될 때 말세가 온다고 침을 튀기며 설교를 했다. 그런데 윤희 언니 립스틱 색이 짙어지고 흑단같이 까맣던 머리가 갈색에서 노란빛으로 물들어가고 있었다. 목사는 동두천이 바로 저주받은 땅이며 여기에 교회를 개척해 신도들을 천국으로 들게 하겠다고 외쳤다. 목사가 설교를 마치자 신도들은 갑자기 목사를 따라 울며불며 주를 찾기 시작했고, 나는 그 통성기도에 기겁해 크림빵을 포기하고 도망쳐 나왔다. 그 뒤 다시는 교회 앞에 얼씬하지 않았지만 윤희 언니를 볼 때마다 목사의 저주 섞인 말이 떠올라 섬뜩했다.

집에서 언니를 볼 수 있는 날이 드물어졌다. 언니는 더 이상

소설책도, 시집도 사들이지 않았다. 언니와 함께 엎드려 수다를 떨던 다락방 창문이 더는 열리지 않았다. 언니가 며칠씩 집에 돌아오지 않을 때면 해자를 핑계로 보산리에 갔다. 그러고는 언니와 흑인 미군을 만났던 양복점 주변을 서성였다. 그러나 언니를 만날 수 있는 날은 없었다. 언니가 버는 돈으로 서울에서 학교에 다니는 오빠들이 미웠다.

"김정원, 너 우체국 안 가?"
"안 가."
반에서 우표를 모으는 아이들은 며칠 전부터 미국 독립 200주년 기념우표를 사러 간다며 들떠 있었다. 하지만 나는 시큰둥했다.
"웬일이냐? 너 같은 우표광이?"
"난 그 우표는 별로야."
"왜?"
"그냥 괜히 기분 나빠."
"흥, 잘난 척은."
수업이 끝나자 친구들은 우표를 사러 읍내로 갔다. 삼일절이나 광복절도 아니고 미국 독립을 기념하는 우표라니, 아무리 생각해도 내키지 않았다. 나는 평화로를 따라 혼자 터덜터덜 걸었

다. 후텁지근한 날씨에 미군부대 앞까지 갔을 때는 온몸이 땀범
벅이었다. 미군부대 앞에서 다시 보산리 쪽으로 걸었다. 목적지
가 따로 있는 것은 아니었다. 혹시라도 그렇게 헤매다 보면 윤희
언니를 만날지 모른다는 막연한 기대가 있었다. 언니가 며칠째
집에 들어오지 않았다. 아버지 말로는 일터에도 나오지 않는다
고 했다.

철길을 건너는데 머리 위로 헬리콥터 소리가 요란했다. 나는
헬리콥터를 따라 큰 개울로 갔다. 아니나 다를까 헬리콥터에서
낙하산이 꽃잎처럼 나풀나풀 떨어지고 있었다. 평소의 반투명
색 낙하산이 아니라 알록달록한 낙하산이었다. 미국 독립 기념
일을 앞두고 연습을 하는 듯했다. 넋 놓고 구경했다. 그때 어디
선가 귀에 익은 목소리가 들려 고개를 돌렸다. 멀찍이 윤희 언
니가 있었다. 윤희 언니는 키 큰 미군의 팔짱을 끼고 낙하산 쇼
를 구경하며 걷고 있었다. 언니를 따라갔지만 아이들이 몰리는
바람에 놓치고 말았다. 집에 돌아가 당고모한테 말했다. 윤희 언
니를 보았노라고, 웬 미군하고 같이 가더라고. 당고모가 다그쳐
물었다.

"어떻게 생긴 놈이가?"

키가 아주 큰 흑인이라고 말했다. 그날 집이 발칵 뒤집혔다.
웬만해서는 잘 오지 않던 큰오빠가 서울에서 왔다. 하지만 끝내

윤희 언니는 집에 들어오지 않았다.

다음 날 아침, 엄마가 아침상을 차리며 꾸짖었다.

"왜 그 말을 해서 이 사달을 만드니? 중학생쯤 됐으면 생각 좀 하지."

"당고모가 걱정하시는 것 같아서……."

그때까지도 내가 뭘 잘못했는지 알 수 없었다.

"엄마, 엄마. 윤희 언니가 왔어!"

밖에 있던 동생이 호들갑을 떨며 방으로 들어왔다. 엄마는 언니가 왔다는 말에 부리나케 나갔다. 언니한테 갔던 엄마가 돌아온 건 저녁때였다. 퇴근한 뒤 초조하게 엄마를 기다리던 아버지가 물었다.

"윤희는 뭐래?"

"윤희 얘기는 듣지도 못했어요."

"왜?"

"윤철이가 윤희 보자마자 손찌검을 하잖아요. 윤희는 울고불고. 윤철이는 윤철이대로 소리를 지르고, 그거 말리고, 형님 달래고 그러다 왔다니까요."

"아니, 그놈이 뭘 잘했다고 윤희한테 손찌검을 해?"

아버지가 벌떡 일어나 툇마루로 나가는 걸 엄마가 붙잡았다.

"놔둬요. 지금은 우리가 낄 때가 아니에요."

"누님은?"

"그냥 울기만 하시지 뭐."

아버지 얼굴에 근심이 가득했다. 엄마가 구시렁거렸다.

"윤철이 개도 철이 없어도 너무 없다니까. 지가 윤희한테 뭐라고 할 처지야? 어떻게 동생한테 손찌검을 해? 형님도 그래. 윤희가 왜 그렇게 됐어? 외동딸 인생 망쳐 놓고도 윤철이를 먼저 두둔하는지 모르겠어. 온 식구가 윤희 손만 바라보고 살면서. 윤철이 개는 철이 없는 게 아니라 이기적이야. 윤희가 버는 돈으로 대학 다닌 걸 몰랐다는 게 말이 돼? 제 동생이 그렇게 걱정스러웠으면 애초에 미군부대 다닐 때부터 말리든가. 아니면 자기가 학교를 그만두든가. 뭣보다 난 형님이 이해가 안 돼. 아무리 어쩔 수 없다고 해도 그렇지. 윤희만 불쌍하지. 제대로 한번 피어 보지도 못하고……."

"그만해. 애들 듣는데."

아버지가 담배를 들고 대문 밖으로 나갔다. 나는 방에서 나와 살금살금 윤희 언니 다락방 아래까지 갔다. 다행히 다락방 문이 열려 있었다. 부엌에서는 당고모가 저녁을 준비하는지 쌀을 씻고 있었다. 부엌 옆에 놓인 사다리를 타고 다락방으로 올라갔다. 윤희 언니는 방 한가득 잡동사니들을 쌓아 놓고 있었다. 잠시 망설이다 언니를 불렀다.

"어, 정원이구나."

언니는 나를 보더니 금세 눈시울이 붉어졌다.

"들어와."

언니가 방바닥에 널려 있는 잡동사니를 한쪽으로 치우며 말했다.

"그냥, 언니 왔다고 해서 얼굴만 보려고……."

눈치를 살피며 더듬거리자 언니가 빙긋이 웃었다.

"안 그래도 정원이 너 오라고 하려 했어."

"왜?"

"잠깐만."

언니가 앉은뱅이책상 서랍에서 뭔가를 꺼냈다. 빨간 앵두가 그려진 포장지로 싼 물건이었다. 언니는 그 물건을 잠깐 어루만지더니 내게 불쑥 내밀었다.

"이거 뭐야?"

"풀어 봐."

설레는 마음으로 풀어 보니 브래지어가 들어 있었다.

"어! 브래지어네. 나도 있는데……."

브래지어를 받아 들고 쑥스러워하는데, 언니가 갑자기 팔을 쭉 뻗더니 내 가슴을 만졌다. 깜짝 놀라 몸을 움츠리고 가슴을 가리자 언니가 웃었다.

"아직 밤톨만 하네. 이거 너무 크겠다."

나는 얼굴이 화끈거리고 창피해 죽을 맛이었다. 명색이 중학생인데 내 가슴은 언니 말대로 겨우 밤톨만 했다. 가정 선생님이 날마다 브래지어 검사를 하는 바람에 울며 겨자 먹기로 하긴 하지만 한여름에 털모자처럼 영 쓸모가 없었다. 없는 가슴에 하고 다니다 보니 체육 시간마다 브래지어가 가슴 위로 올라가 여간 성가신 게 아니었다. 어떤 날은 양말을 돌돌 말아 브래지어 안에 넣고 학교에 가기도 했다.

"아무래도 문제가 있나 봐. 가슴도 안 크고 생리도 안 하고."

"걱정 마. 점점 가슴도 커지고 생리도 할 거야. 사람마다 다 다르잖아. 난 너무 빨리해서 그게 싫었는걸. 이거 원래 너희 엄마가 나 중학교 입학할 때 선물로 주신 거야. 그런데 아끼다 보니 하지도 못하고 가슴이 커 버렸어. 우습지? 너 주려고 보관해 두고 있었던 거야. 끈 색깔이 약간 바랬지만 그래도 새거야. 그리고 이건 내가 미군부대 피엑스에서 직접 산 거."

브래지어 밑에는 그토록 갖고 싶어 했던 자줏빛 가죽끈이 달린 타이맥스 시계가 있었다. 눈물이 핑 돌았다. 내가 눈물을 그렁거리자 언니도 다시 눈시울을 붉혔다. 언니는 손바닥으로 눈을 비비더니 서랍장 옆에 있던 라면 상자 두 개를 끌어냈다.

"자, 이건 세계문학 전집이야. 넌 벌써 반은 봤지?"

나는 언니 말에 대꾸를 못 하고 눈만 껌벅거렸다.

"솔직히 난 이거 몇 권 못 읽었어. 이거 이따가 아버지한테 내려 달라고 해. 무거우니까."

"이것도 나 주려고? 언니가 아끼는 거잖아."

"그래서 너 주는 거야."

언니가 축축한 눈으로 나를 내려다보았다.

"정원아."

"응?"

"있잖아. 나 오늘 이사 가."

"이사?"

다시 눈앞이 뿌예졌다.

"응. 멀리 가는 건 아니지만 한참 동안 못 볼 거야. 그러니까 음……. 넌 책도 많이 읽고, 공부도 열심히 해야 해. 난 앞으로 책 읽을 새도 없을 거야. 정원이 넌 저거 꼭 다 읽어. 알았지?"

나는 언니가 코맹맹이 소리로 더듬더듬하는 말을 듣다가 더 참지 못하고 울음을 터뜨렸다. 윤희 언니도 나를 안고 어깨를 들썩였다. 따뜻하고 포근한 언니 가슴이 내 어깨에 닿았다. 언니는 소리를 내지 않고 숨죽여 울었다. 나는 언니가 그렇게 숨죽여 울어야 하는 까닭을 다 알지는 못했다. 그저 보산리에서 봤던 흑인 미군이 떠올랐을 뿐이다. 당고모가 저녁 먹으라고 다락방 문을 열지 않았더라면 나는 윤희 언니를 끌어안고 계속 울었을 것이다. 당고모도 눈시울이 붉어져 있었지만, 괜히 원망스러워 인사도 안 하고 나와 버렸다.

윤희 언니를 보고 오자 엄마는 내 등짝을 후려치며 괜한 주책을 부린다고 핀잔을 주었다. 엄마는 저녁상을 차려 놓고도 한 술도 뜨지 않았다. 아버지도 마찬가지였다. 엄마가 밥과 반찬이 그대로 남은 상을 들고 부엌으로 나가려 할 때 윤희 언니가 커다란 가방을 들고 우리 방 앞으로 왔다. 엄마가 밥상을 내려놓고 말했다.

"아니, 얘가! 너 정말 마음 굳힌 거야?"

"네."

"아무리 그래도 그렇지, 어떻게 오늘 당장 가겠다고 그래?"

툇마루로 나간 엄마는 벌써 눈물을 훔치고 있었다.

"그럼 같이 가자. 내가 데려다줄게."

꽃밭 너머 맞은편 툇마루에 당고모가 앉아 훌쩍거리는 게 보였다. 아버지는 방문 앞에 나와 서서 착잡한 얼굴로 말했다.

"몸조심해라. 너무 마음 쓰지 말고. 몸에 안 좋아."

언니 눈에서 눈물이 뚝뚝 떨어져 내렸다. 엄마는 언니가 아버지한테 인사를 하는 동안 신발을 찾아 신었다. 나도 엄마를 따라나서고 싶었지만 같이 가겠다는 말이 나오지 않았다. 언니가 대문을 나서자 나는 장독대로 올라갔다. 이제 막 어둠이 내리기 시작해 사방이 푸른빛으로 물들었다. 윤희 언니가 가는 쪽은 보산리였다. 언니는 가방을 든 엄마보다 한걸음 처져서 걷고 있었다. 언니가 뒤를 돌아봐 주기를 바랐지만 언니는 끝끝내 돌아보지 않았다. 나는 장독대 위에 걸터앉아 언니가 간 길이 어둠에 싸여 보이지 않을 때까지 멍하니 바라보았다.

대문 앞 가로등에 불이 들어오고 얼마 안 있어 미군부대 쪽에서 폭죽 터지는 소리가 났다. 캄캄한 하늘에 황금빛 별 모양 불꽃들이 흩뿌려졌다. 나팔 모양 불꽃이 온통 내 머리 위로 떨어지는 듯하다가 이내 허공에서 연기로 변하고 말았다. 다시 폭죽이 터졌다. 나는 일어서서 팔을 뻗었다. 이번에는 은빛 불꽃들이 국화 꽃잎처럼 넓게 퍼지며 내려왔다. 불꽃이 하늘에 퍼질 때면 그 불꽃들을 손안에 다 움켜쥘 수 있을 것 같았다. 하지만 그것은 환상이었다. 폭죽이 터질 때마다 밤하늘을 수놓는 금빛, 은빛, 보랏빛, 붉은빛의 불꽃들은 곧 희뿌연 연기로 흩어져 버렸다.

예전에 윤희 언니는 불꽃놀이를 보면 별똥별이 떨어지는 것 같다고 했다. 우리는 불꽃놀이를 보면서 소원을 빌었다. 미군부대에 처음 취직했을 때 불꽃을 보며 황홀경에 빠진 언니에게 물은 적이 있다.

"언니, 오늘 무슨 소원 빌었어?"

"음, 대학 간 남자친구한테서 연락 오게 해 달라고."

발그레해진 언니 눈이 무척 슬퍼 보였고, 나는 언니한테 그 소원을 같이 빌어 주겠다고 약속했다.

"그럼 정원이 네 소원은 뭔데? 내가 빌어 줄게."

"내 소원은, 언니가 행복해지는 거야."

윤희 언니가 떠나는 오늘, 나는 언니 없이 혼자 불꽃을 보며 다짐했다. 다시는 저 불꽃 따위에 소원을 비는 일은 없을 거라고.

윤희 언니가 떠난 뒤 부모님은 동두천을 떠야겠다는 말을 더 자주 했다. 미군부대에서 한국인 군무원을 감원한다는 소문이 돌았다. 아버지는 초조한 얼굴로 쉬는 날마다 서울을 오가며 다른 일을 찾기 시작했다. 아버지가 새 직장을 구했다는 소식을 듣던 날 저녁, 자전거를 타고 무작정 해자네로 갔다. 해자네 집 앞에서는 또 싸움이 벌어져 있었다. 술에 취한 해자 아버지와 고래고래 비명을 지르며 악다구니를 부리는 해자 엄마를 보다 미군부대 쪽으로 자전거를 돌렸다.

양복점 골목을 빠져나와 언덕으로 올라섰을 때였다. 흑인 미군의 팔짱을 끼고 건널목으로 올라오는 윤희 언니와 마주치고 말았다. 언니는 부른 배에 손을 받치고 힘겹게 언덕을 올라오고 있었다. 가슴이 철렁 내려앉았다. 언니를 피하고 싶었다. 나는 핸들을 급하게 꺾다가 중심을 잃고 그만 비탈길 아래 시궁창에 처박히고 말았다. 언니가 달려왔고 뒤따라온 미군이 내 손을 잡아 일으켰다. 언니와 눈이 마주치자 눈물이 핑 돌았다. 미군은 시궁창에 처박힌 자전거 앞바퀴를 꺼내 핸들과 페달, 체인을 골고루 살피더니 내 앞으로 밀어 주었다. 나는 허겁지겁 자전거에 올라타 페달을 밟았다. 임부복을 입은 언니와 마주하고 있을 자신이 없었다. 언니도 나를 불러 세우지 않았다. 뺨 위로 자꾸만 눈물이 흘러내렸다.

"정원아, 엄마랑 어디 좀 가자."

저녁상을 물리자 엄마가 점퍼를 걸치며 말했다.

"캄캄한데 어딜 가?"

"그냥 따라오면 알아."

엄마는 중앙시장에 들러 쇠고기와 미역을 샀다. 그러고는 동광극장 앞 골목에 있는 한옥으로 들어갔다. 방에서 들려오는 아기들 울음소리에 그곳이 조산원이라는 것을 알게 되었다. 엄마는 3호라는 딱지가 붙어 있는 방문을 열었다. 그 방에 윤희 언니가 누워 있었다. 새하얀 요 위에 누운 언니 얼굴은 핏기 없이 하얬다. 그 옆 색동 요 위로 초콜릿색의 조막만 한 아기 얼굴이 보였다. 눈을 감은 아기의 속눈썹은 내 새끼손톱보다 조금더 길어 보였고, 까맣게 반짝이는 곱슬머리는 머리에 착 달라붙어 있었다. 나는 아기를 본 순간 엄마 허리춤을 꼭 잡았다. 우리를 보고 윤희 언니는 억지로 몸을 일으켜 앉았다. 언니는 눈물을 글썽였다.

"누워 있어. 괜찮아."

엄마는 언니를 다시 눕히고 땀으로 젖은 언니 머리카락을 쓰다듬어 주었다.

"고생했다."

엄마는 언니 뺨을 몇 번이나 쓰다듬었다. 그러고는 아기를 포대기로 감싸 안아 올렸다. 나도 얼른 엄마 옆으로 가서 아기를 들여다보았다. 엄마가 뺨을 살짝 꼬집자 아기가 좁은 이맛살을 잔뜩 찌푸리더니 입을 오물거렸다. 분홍색 입술이 앙증맞았다. 엄마는 포대기 안으로 손을 넣어 아기 손을 꺼냈다. 까만 손등과 분홍빛 손바닥이 포동포동하니 정말 귀여웠다.

"예쁘다."

내 말에 언니가 반색했다.

"정원아, 정말 예뻐?"

"응."

"아가야. 이모야, 이모."

나는 이모라는 말에 놀라 엄마를 쳐다보았다. 엄마가 코맹맹이 소리로 말했다.

"그럼, 이모지. 언니 아들인데."

언니 눈에 다시 눈물이 그렁그렁해졌다. 엄마는 아기 엄마가 자꾸 울면 안 된다고 언니를 달랬다.

"엄마가 웃어야 아가도 방실방실 잘 웃고 건강하게 크는 거야. 그리고 형님은, 내가 오지 말라고 했어. 괜히 애 보면 그럴까 봐."

언니가 휴지로 코를 닦으며 고개를 끄덕였다.

"애 이름은 지었니?"

"네. 어젯밤에 아기 아빠랑 통화했는데 제이콥이라고 하래요."

"제이콥?"

"네, 야곱이라는 뜻이래요. 애 아빠가 독실한 기독교 신자예요. 제이콥을 하느님이 엄청 아끼고 사랑했대요."

나는 엄마와 윤희 언니가 하는 말을 들으며 아기 이름을 작게 중얼거려 보았다. 제이콥, 제이콥.

"그럼 산후조리는 어디서 하니?"

"……"

언니는 몇 번 눈물을 삼키고 나서 말했다.

"여기서 한 이틀만 더 있다가 집으로 가야죠. 옆방에 사는 언니가 일 나가기 전에 좀 도와줄 거예요."

"찬물에 손대면 안 돼. 밖에 나갈 때는 양말 두툼한 거 신어야 된다. 내복 꼭 입고."

"네."

"한 달은 미역국 먹어야 해. 다른 건 안 들어가도 희한하게 미역국은 먹을 만하니까. 잘 먹어야 젖이 나오는 거야. 몸 푼 지 하루 지났으니 젖이 돌 때가 됐어."

엄마는 언니 가슴을 여기저기 눌러 보았다. 내복이 금세 둥그렇게 젖어 들었다.

"벌써 젖이 도네."

엄마는 아기를 안더니 언니 품에 안겨 주었다. 아기가 엄마 젖 냄새를 맡았는지 입술을 달싹거리며 젖꼭지를 찾았다. 엄마가 언니 젖꼭지에 아기 입을 대 주었다. 아기가 입을 벙긋거리더니 젖꼭지를 물었다. 젖꼭지를 서너 번 물었다 놨다 하던 아기가 곧 젖을 빨기 시작했다. 언니 얼굴이 환하게 밝아지면서 마음이 느즈러지는 게 느껴졌다. 엄마도 뿌듯한 표정으로 아기를 내려다봤다.

"그래, 아가야. 그렇게 잘 먹고 쑥쑥 커라. 제이콥."

엄마는 쑥스러운 듯 아기 이름을 작게 불렀다. 언니가 빙그레 웃으며 엄마를 올려다보았다.

"꼭 모유 먹여라. 미국 사람들은 우유가 몸에 좋다고 하지만 그거 다 쓸데없는 얘기야. 꼭 젖 먹여라. 응?"

언니는 아기에게서 눈을 떼지 못하고 고개만 끄덕였다. 나는 하얀 가슴에 묻힌 아기의 까만 뒤통수를 바라보다가 슬그머니 방을 나왔다. 바보같이 또 눈물이 나왔다.

그날 엄마는 언니를 두고 쉽게 일어나지 못했다. 우리가 집에 돌아왔을 때 동생들은 이미 잠들어 있었다. 서슴없이 아기를 안고 어르는 엄마와 달리 나는 언니와 아기한테 선뜻 다가가지 못했다. 아기는 신비스러울 정도로 예뻤다. 하지만 그 아기 엄마가 윤희 언니라는 걸 받아들이기 힘들었다. 그날 언니에게 따뜻한 말 한마디 건네지 못한 걸, 아기를 한번 안아 보지 못한 걸 두고 두고 후회했다.

동두천을 떠난 지 3년이 지난 어느 날, 윤희 언니가 우리 집에 왔다. 그때까지 언니와 엄마가 서로 연락을 하고 있는지 몰랐던 탓에 몹시 놀랐지만 고등학생이 된 나는 조금은 어른스럽게 언니를 맞았다. 언니 등에서 내린 아기는 아장아장 잘도 걸었다. 까마말쑥한 얼굴에 짙은 쌍꺼풀이 진 커다란 눈이 정말 예쁜 아이였다. 긴 속눈썹 아래 새하얗다 못해 푸른빛이 도는 흰자위와 새까만 눈동자가 반짝반짝 빛났다. 언니가 "제이콥!" 하고 부르면 "엄마, 엄마." 하며 달려와 안겼다. 윤희 언니가 나를 이모라고 부르라 하자 곧잘 "이모, 이모." 하고 말했다. 아버지는 언니를 보고 반가운 마음을 감추지 못했지만 아기한테는 눈길도 주지 않았다. 그날 밤 엄마 성화로 하룻밤을 자고 가게 된 언니가 아기를 재우며 말했다.

"나 미국 가면 다시는 한국에 안 올 거야. 한국 사람들 넌덜머리가 나. 이름도 미국식으로 바꾸고 한국말도 다 잊어버릴 거야."

나는 언니의 다짐을 어렴풋이나마 이해할 수 있었다. 하지만 엄마는 언니 손을 잡고 말했다.

"그런 마음먹으면 애한테도 안 좋아. 나는 새도 옛집을 그리워한다는데. 다른 나라에 가면 여기가 그리울 거야. 네 오빠도 엄마도 너무 미워하지 말고. 네 생각만 하고 살아."

엄마 말에 언니는 또 눈물이 그렁그렁했다. 조산원에서 헤어진 뒤 3년 동안 언니는 참 많이 변해 있었다. 하지만 예전처럼 살갑고 따뜻한 언니가 아닌 것을 섭섭해할 수는 없었다. 나도 언니가 까만 아기를 키우면서 사람들한테 얼마나 따가운 눈총을 받았을지, 얼마나 속을 태웠을지 짐작할 만큼 철이 들어 있었다.

엄마가 잠이 든 뒤 나지막하게 물었다.

"언니. 형부는 어떤 사람이야?"

"형부?"

어둠 속에서도 언니가 웃는 게 보였다.

"형부란 말 참 좋다."

"그런가?"

"네 형부 참 좋은 사람이야. 아버지가 의사래. 미국에서도 흑인 의사는 드물대. 엄마는 초등학교 교사. 근데 고등학교 때 아버지가 바람을 피웠대. 병원 간호사랑. 그래서 엄마랑 아버지가 이혼했대. 웰스는 그게 충격이었나 봐. 다니던 의대까지 그만두고 무작정 한국으로 온 거래. 아버지에 대한 반항심으로."

"의대 다니다 온 사람이야?"

"응. 되게 순하고 따뜻한 사람이야. 흑인 사회에서는 드물게 성공할 뻔한 사람이지."

"왜 성공할 뻔한 사람이라고 해? 제대하고 미국 가면 의사 되는 거 아냐?"

"아니. 의대 그만두고 직업군인 된 건데 뭐."

"직업군인?"

"응."

"그럼 계속 군인으로 사는 거야?"

"아마도."

"나중에 만나면 내가 형부라고 부를게. 예전에 보산리 철길에서 만났을 때 미안했다고 전해 줘. 일부러 그런 게 아닌데. 그냥 놀랐었어."

"알아."

언니가 내 손을 꼭 잡았다.

다음 날 동두천으로 돌아가는 언니를 배웅하기 위해 전철역까지 나갔다. 포대기에 아기를 업은 언니 모습이 새삼스레 낯설었다. 울지 않기로 했지만 자꾸만 코허리가 시리고 찌릿찌릿했다.

"미안해. 정원아."

"언니가 왜 나한테 미안해?"

"정원아, 걱정 마. 언니 잘 살 거야. 이제는 임신한 것도 내 아이가 흑인이라는 것도 숨길 필요 없는 데로 가니까. 사실 나 둘째 아이 임신했어. 제이콥이 배 속에 있을 때는 정말 겁났어. 하루에도 몇 번씩 애를 뗄까 고민했거든. 하지만 둘째는 안 그래. 웰스도 둘째 생긴 거 알고 얼마나 좋아하는지 몰라. 나 앞으로는 씩씩하게 살 거야. 너도 씩씩하게 살아야 해. 알았지?"

나는 애써 웃는 언니 마음을 흔들어 놓을까 봐 입술을 악물었다.

언니가 다녀가고 몇 달 뒤 미국에 잘 도착했다는 편지를 받았다. 편지는 그것으로 끝이었다. 우리는 당고모네와도 왕래가 뜸해졌다. 엄마는 10년 동안 당고모네서 빌려 온 고양이 신세로 살았다며 당고모를 원망했고, 아버지는 윤희 언니를 희생물 삼아 제 앞가림하는 데만 급급했던 오빠들을 괘씸해했다. 그나마 큰오빠 결혼식 때까지 가물에 콩 나듯 소식을 주고받던 주소와 전화번호도 몇 번 이사를 다니는 사이 다 잊고 말았다. 아버지와 엄마는 가끔 윤희 언니 얘기를 꺼내며 눈시울을 붉힐 뿐 굳이 당고모네 소식을 알려고 하지 않았다.

조재민

　시계를 보았다. 막 한 시 반이 되고 있었다. 어두워지기 전에
돌아가려면 서둘러야 했다. 어디로 갈지 갈팡질팡하다 다시 옛
집을 찾아보기로 했다. 기지촌 골목을 빠져나와 성모병원까지
걸었다. 또렷이 기억나는 건물은 서울병원과 성모병원 두 곳뿐
이었다. 큰길에서 성모병원 뒷골목으로 들어와 아이 걸음으로
거리를 쟀다. 아까는 무심코 지나쳤던 골목 풍경들이 눈에 들
어오기 시작했다. 골목에는 길가를 따라 외주물집이 죽 이어져
있고 마당 있는 집은 몇 보이지 않았다. 가만 보니 새로 지은 집
은 별로 없고 겉벽을 벽돌로 다시 쌓거나 지붕을 기와로 새로
얹은 정도로 수리를 한 집이 더 많았다.

낯익은 외주물집 가운데 동물병원이 있었다. 26년이 지났건만 낡은 나무 문살에 유리창, 빛바랜 기와며 함석 물받이까지 옛 모습 그대로였다. 설레는 마음에 그 앞으로 갔다. 오래전에 붙인 것 같은 광견병 예방 접종 스티커가 문설주에 남아 있었다. 간판이 있는 걸 보면 문을 열긴 연 것 같은데 창문 너머로 보이는 동물병원은 썰렁하기 짝이 없었다. 26년 전에도 동물병원 원장은 이미 중년을 넘긴 분이었다. 아직 그 분이 계시다면 아마 팔순이 다 되었을 터였다.

재민이와 나는 그 병원의 단골이었다. 재민이네는 개를 많이 길렀다. 특히 방에서 키우던 치와와는 걸핏하면 감기, 배탈로 병원 신세를 졌다. 재민이는 원장님이 치료하는 것을 지켜볼 때마다 "나도 수의사가 되어야지." 하고 나지막하게 중얼거렸다. 때로는 아프리카나 브라질의 아마존 유역, 인도 밀림에 사는 동물에 관한 책을 보고 수의사 말고 동물학자가 되겠다고도 했다.

"나는 여름엔 뱀하고 같이 자고, 겨울에는 호랑이나 곰하고 같이 지낼 거야. 그럼 여름엔 시원하고 겨울엔 따뜻할 거 아냐. 동물들은 외모 가지고 사람을 차별하지 않으니까 난 동물들하고 살 거야. 밀림이랑 시베리아를 왔다 갔다 하려면 전용 비행기도 있어야겠지?"

재민이가 꿈에 부풀어 상상의 나래를 펴면 나도 그 옆에서 같이 즐거워하고 또 슬퍼했다. 나는 재민이가 동물학자나 수의사가 되고 싶어 하는 까닭을 어렴풋이 짐작하고 있었다. 재민이가 그 꿈을 이루길 진심으로 바랐다. 재민이는 지금 꿈을 이루었을까? 동두천을 떠난 뒤 동물과 사람 사이의 감동적인 드라마를 볼 때마다 재민이 생각이 났다. 어린 시절에는 미국에서라면 재민이도 그 꿈을 이룰 수 있을 거라 믿었다. 그러나 좀 더자라 입양된 한국 아이들의 현실을 알게 되었을 때 경숙이나 재민이의 아메리칸드림에 의심이 생겼다. 재민이는 입양되기 전에도 걱정을 했었다. 자기 얼굴이 한국 사람이라기엔 너무 하얗고 미국 사람이라기엔 너무 노랗다고. 백인 못지않게 우뚝한 코에 짙은 쌍꺼풀을 가진 재민이는 그나마 나았을지 모른다. 툭 튀어나온 이마보다 낮은 코에 얼굴이 유난히 노란 경숙이는 어찌 지낼지 궁금했다.

동물병원을 찾은 것만으로도 미로를 푸는 열쇠를 얻은 것 같아 힘이 솟았다. 아련하던 재민이 기억이 되살아난 것도 기뻤다. 그런데 동물병원을 지나고부터는 다시 기억이 뒤죽박죽되었다. 아무래도 새로 난 큰길에서부터 엉킨 것 같았다. 동물병원에서 북쪽으로 걷다 보니 어느새 기지촌 어귀에 다다랐다. 뒤를 돌아보니 성모병원에서 기지촌 어귀까지 5분 남짓 되는 거리였다. 어릴 적 기억으로는 우리 집에서 기지촌까지 가려면 시멘트 블록 공장을 가로질러 연탄 가게, 쌀집, 목욕탕, 주택가를 지나 유한극장 앞을 지나서도 한참을 걸었던 것 같은데, 동두천에 도착한 뒤로 마치 소인국을 걷는 착각에 자주 빠졌다. 어디로 가야 할지 정하지 못한 채 근처 편의점으로 들어갔다. 간이 탁자에서 사내 둘이 라면을 먹고 있고, 주인아줌마는 라디오를 들으며 키득거리고 있었다. 나이가 쉰 살 안팎으로 보였다. 혹시나 아는 사람일까 싶어 흘끗흘끗 얼굴을 살펴보자 아줌마가 이맛살을 찌푸리며 물었다.

"사람을 왜 그렇게 쳐다보슈?"

"아니, 혹시 제가 아는 분인가 해서요."

"난 댁을 모르겠는데. 그래, 내가 낯이 익수?"

나는 말없이 고개를 저었다. 낯이 익은 것 같기도 하고 생전 처음 보는 것 같기도 했다. 동두천에 발을 디딘 뒤 내내 그랬다. 누군가 스쳐 지나기만 하면 어딘가 낯이 익은 것 같아 뒤를 돌아보았다. 특히 40대 안팎의 여자들만 보면 저절로 걸음이 멈춰졌다. 캔커피를 하나 꺼내 들고 물었다.

"아주머니, 여기 유한극장 자리가 어딘지 아세요?"

"유한극장? 거기 헐린 게 언젠데. 동두천에 오랜만에 오시나 보우?"

"네. 26년 만이네요."

"어디, 여기서 살았수?"

"아니요. 저기 서울병원 뒤에 살았어요. 남산목욕탕 아래요. 근데 막상 와 보니까 하나도 모르겠어요."

"에구. 동두천은 변한 데가 별로 없는데. 여기 큰길 난 것 말고는. 유한극장은 저기 내다보이는 사거리 있잖수. 그쪽에 있었어."

"저기 건널목 있는 데요?"

"그렇지."

주인아줌마가 맞장구를 쳤다.

"어, 내 기억으로는 서울병원에서 유한극장까지 꽤 멀었는데……."

혼자 웅얼거리자 주인아줌마가 고개를 갸우뚱했다. 나는 캔커피를 마시며 건널목을 바라보았다. 유한극장이 있던 자리라고 하기에는 너무 작았다.

윤희 언니가 다녔던 고등학교는 졸업식을 유한극장에서 했다. 학교에 강당 하나 변변히 없었던 그때는 극장에서 졸업식이나 입학식을 하는 일이 많았다. 유한극장에서는 개봉한 지 오래된 외화를 많이 상영했다. 해자와 시린 발을 동동 구르며 〈웨스트 사이드 스토리〉와 〈추억〉을 봤던 곳도 유한극장이었다. 언젠가 윤희 언니와 〈모정〉을 보고 나서 집으로 갈 때까지 펑펑 울었던 기억이 삼삼했다.

"저기 혹시……."

유한극장 자리를 바라보며 넋을 잃고 있는데 누군가 내 어깨를 쳤다. 깜짝 놀라 뒤돌아보니 페인트가 군데군데 묻은 멜빵바지에다 까만 항공 점퍼를 걸친 헙수룩한 사내가 서 있었다. 방금 전 탁자에서 라면을 먹던 사람이었다.

"저기, 너 김정원 아니니?"

내 이름을 듣는 순간 뒷목이 뻣뻣해졌다. 흰머리가 반도 넘게 섞인 갈색 머리에 거칠하고 검게 그을린 얼굴이지만 사내가 혼혈이라는 건 쉽게 알 수 있었다. 하지만 이 사내가 누구인지는 도통 기억이 나지 않았다.

"나 모르겠니? 나 재민인데, 조재민."

"조재민!"

나는 이 추레한 사내가 재민이라는 것을 믿을 수 없었다. 각지고 억센 턱과 까칫한 수염, 푸석푸석한 얼굴 어디에서도 깎은 밤같이 깔끔하고 여물던 재민이 얼굴을 찾을 수 없었다.

"참 내, 아직도 못 알아보겠어? 난 네가 편의점 들어올 때부터 긴가민가해서 계속 보고 있었는데."

"네가 조재민이라고?"

"그래."

내 앞에 선 사내는 키가 꽤 컸다. 문득 동네 아줌마들이 재민이는 땅 넓은 줄은 모르고 하늘 높은 줄만 안다고 놀리던 게 떠올랐다. 나는 쑥스러운 듯 곁눈질을 하며 눈웃음을 짓는 사내를 올려다보았다. 피곤에 지쳐 퀭한 눈에서는 예전의 재민이 모습을 발견할 수가 없었다. 재민이 눈은 늘 날카롭게 빛이 났다. 때로는 재민이 눈길에 종이가 닿기라도 하면 한순간에 다 타 버릴 것 같은 섬뜩한 기분이 들 때도 있었다. 하지만 내 앞에 있는 사내 눈에는 그 형형하던 눈빛이 남아 있지 않았다. 그런데 얼핏 재민이의 따뜻하면서도 슬픈 눈빛이 사내의 눈에 비쳤다. 갑자기 눈물이 핑 돌았다. 그러고는 팽팽하게 조여 있던 모든 감각이 한꺼번에 풀어져 버렸다.

"어떻게 나를 알아봤어?"

"어떻게 알긴. 네가 편의점에 들어올 때부터 느낌이 왔다니까. 유한극장 물어보고, 남산목욕탕 얘기했을 때 귀가 번쩍 뜨였지."

정신이 아득해졌다.

"그냥 지나치면 못 알아봤을 거야. 난 네가 동두천에 사는 줄 몰랐어."

재민이는 내 말에 고개를 갸우뚱하더니 물었다.

"혹시 내가 미국 간 걸로 알고 있었어?"

"당연하지."

"해자가 내 말 안 해? 너 이사 가고 나서도 해자랑 한참 연락했잖아."

"그렇긴 한데, 해자한테 네 얘기는 못 들었어. 네 얘기 물어보고 싶었는데. 나 이사 가고 얼마 안 지나서 해자네 아버지 기도원 가시고 안 좋은 일이 많았거든. 물어볼 수가 없었어."

"하긴……."

말끝을 얼버무리는 재민이 얼굴에 알 수 없는 그늘이 스쳤다.

"그건 그렇고. 바쁘냐? 안 바쁘면 어디 가서 커피나 마실래?"

재민이가 겸연쩍은 듯 말했다.

"커피 말고 밥 먹자. 나 아침도 못 먹고 여태 돌아다녔거든."

"그래? 그러지 뭐. 설렁탕이나 먹으러 갈까?"

재민이가 나보다 두어 걸음 앞서 걸었다. 구부정한 어깨에 두 손은 멜빵바지 주머니에 찔러 넣고 터덕터덕 걷는 모습을 보니 오랫동안 무엇엔가 억눌린 사람처럼 보였다. 재민이는 가끔 뒤를 돌아보며 어색하게 웃었다. 설렁탕집은 신천 옆으로 난 도로 앞에 있었다. 점심때가 지났는데도 사람이 꽤 북적거렸다. 우리는 넓은 방 한구석에 앉았다.

"너 아직 설렁탕 좋아해? 너희 식구들 개미식당 설렁탕 잘 사 먹었잖아."

재민이가 구석에 있는 방석을 집어 주며 물었다.

"그걸 다 기억해?"

"그럼. 넌 전학 가고 동두천이랑 나를 잊었는지 모르지만 난 안 그랬다. 잊을 수가 없지. 너는 없어도 나는 그 자리에서 살았으니까. 너희 집 대문, 마당, 장독대, 네 방 창문, 네가 잘 가던 책방이랑 개미식당, 너랑 자전거 타고 다니던 문방구, 학교 앞 분식집, 거기서 먹던 식빵튀김이랑 오징어튀김만 봐도 네 생각이 나서 울컥울컥했지. 너 가고 나서는 우표 수집도 관뒀다는 거 아니냐. 우체국에 가면 네 생각이 나서. 철없이 엄마한테 우리도 이사 가자고 떼를 쓰기도 했어. 그땐 네가 참 야속했는데 내가 막상 의정부로 송탄으로 떠돌다 보니까 이해되더라. 새로운 곳에 가면 거기 적응하느라 아무 생각도 못 하겠더라."

목이 메었다. 나 역시 힘들었다고, 낯선 곳에서 재민이와 해자, 학교 앞 분식집과 문방구가 얼마나 그리웠는지 아느냐고 말하고 싶었다. 바다에 뜬 섬처럼 보냈던 사춘기 시절 남산머루와 학교 뒷산이 몹시 그리웠다고 말하고 싶었다. 그러나 재민이 말대로 나는 동두천을 떠난 뒤 내가 기억하고 싶은 것과 잊고 싶은 것을 선택할 수 있었다. 적어도 현실에서는 말이다.

"너 정말 전학 가고 나서 여기 처음 온 거냐?"

재민이가 의심에 찬 눈빛으로 물었다.

"응."

재민이 얼굴에 섭섭한 기색이 스쳤다.

"넌 계속 여기 살았어?"

"가끔 떠나 있기도 했지만 엄마가 계속 여기 살았으니까 나도 여기 산 거나 마찬가지. 언제나 이리로 돌아왔으니까."

"여기 기지촌에서 계속 살았다고?"

떨떠름한 얼굴을 하고 있던 재민이가 갑자기 눈을 가늘게 뜨고 비죽거리듯 말했다.

"김정원, 너 혹시 내가 펨푸나 기둥서방 하는 거 아닌지 의심하냐? 가끔 동창 만나서 아직 동두천에 있다고 하면 위아래로 훑어보거든. 우리 같은 튀기들은 십중팔구 그렇게 살 거라고 생각하니까."

"아니야. 나는 그게 아니구."

정색하며 손사래를 치자 재민이가 쿡쿡 웃었다.

"농담이야, 농담. 너 고지식한 거 여전하구나. 농담도 못 알아듣고. 솔직히 뭐, 펨푸나 기둥서방들 사는 거나 나 사는 거나 별차이 없지만……."

재민이 말투에서 빈정거림과 서늘함이 느껴졌다. 문득 사춘기 때 재민이 말투와 느낌이 되살아났다. 재민이 말투가 거스러지기 시작한 것은 6학년 무렵부터였다. 원하던 축구부에 들어가지 못하고 튀기라는 이유로 자주 따돌림을 당하면서 재민이는 악돌이가 되어 갔다. 툭하면 친구들과 말씨름을 하고 자기를 괴롭히는 아이들에게 악착같이 대들어 싸움을 벌였다. 그뿐 아니라 사소한 일에도 꽁하고 잘 토라졌다.

"야, 김정원, 농담이라니까. 옛날 생각 나서 너 놀리려고 그래 본 거라고. 표정이 왜 그래? 금방 울 것처럼. 넌 지금이나 그때나 포커페이스가 안 돼."

"그러는 너는?"

"나야 잘하지. 어려서부터 지금까지. 그래야 살아남으니까."

그 말투에 사람들이 떠난 빈자리를 지키며 살았을 재민이의 외로움과 쓸쓸함이 배어 있었다. 코끝이 저릿저릿해지는데 때마침 설렁탕이 나왔다. 재민이는 설렁탕이 나오기 무섭게 공깃밥을 한꺼번에 말았다. 그러고는 파와 소금, 다진 양념을 듬뿍 넣더니 마파람에 게 눈 감추듯 설렁탕 한 그릇을 후딱 비웠다.

"뭐야? 너 몇 끼 굶었니?"

농담처럼 한마디 건네자 재민이가 머쓱해진 표정으로 빈 뚝배기를 내려놓았다.

"아니야. 하도 혼자 먹는 게 습관이 돼서 그래. 울 엄마도 이 버릇 때문에 맨날 뭐라고 그러는데……. 한 20년 가까이 이렇게 살다 보니까 버릇이 됐다. 미안하다. 너도 먹어, 어서."

재민이는 혼자서는 밥을 먹지 못하는 아이였다. 학년이 바뀌면 한 달이고 두 달이고 친한 친구가 생길 때까지 도시락을 싸 오지 않았다. 집에서도 마찬가지였다. 어쩌다 외할머니나 엄마 없이 밥을 먹게 되면 꼭 나를 불러다 같이 먹었다. 혼자 밥을 먹으면 왠지 쑥스럽고 무섭다고 했다. 그랬던 아이가 20년 가까이 혼자 밥을 먹었다니 가슴이 뻐근해졌다.

"안 먹냐? 아침도 안 먹었다며?"

재민이가 다시 채근했다. 나는 억지로 몇 숟가락 뜨다 말았다. 밥이 먹히지 않았다.

"왜, 맛이 없냐?"

"아니. 너 보니까 배고픈 게 사라져서 그래. 너, 더 먹을래?"

"아니다. 배불러. 근데 넌 뭐 하냐?"

"뭘 하냐고?"

"그래. 직업이 뭐냐고."

"나? 애들 봐."

"애들? 유치원 선생님, 아니면 초등학교?"

"아니. 공부방."

"공부방? 그거 보산리에도 있어. 송탄에 있을 때 거기에도 있었는데."

"그래? 공부방을 알아?"

"그럼, 내가 그 정도로 무식한 사람은 아니야. 나랑 같이 일하

는 형이랑 누나도 거기에 애들 많이 보냈어. 여긴 교회에서 많이
해. 너도 종교 단체에 있는 거야?"

"아니. 그냥 혼자 하는 거야. 자원 교사들이랑 같이."

"그렇게 개인이 하는 건 못 봤는데, 그럼 운영이 힘들겠네."

"그냥 그럭저럭."

"좋은 일 하네."

"너는?"

재민이는 우물쭈물하더니 멋쩍게 웃었다.

"나? 농장 해."

"농장?"

"크크크, 말이 농장이지 뭐. 개 열댓 마리랑 염소, 닭, 오리 같
은 거 조금씩 키워."

"그래, 어디서?"

"상봉암동. 너 봉암리 알지? 거기 야산자락 조금 샀어. 한 7년
됐나?"

"그랬구나. 동물학자 된다더니 동물 농장 주인 됐네."

재민이가 쑥스러운 듯 머리를 긁적였다.

"그걸 다 기억하고 있어?"

"그럼. 농장 하는 거 안 힘들어?"

"몸이 좀 힘들지. 사룟값이 비싸서 시내까지 나와 짬밥 얻어

136

가고 그래야 해."

"그런데 개 키워서 돈이 돼? 그거 보신탕용으로 파는 거지?"

재민이 얼굴이 어두워졌다.

"응. 별로 안 돼. 개값이 떨어지기도 했고. 또 바짝 돈 벌자 마음먹으면 될 수도 있는데 사실 이 일이 나한테 안 맞아. 아무리 똥개라도 이놈들한테 정붙이고 나니까 팔기가 힘들어. 나는 다른 사람들처럼 개들을 좁은 우리에 몰아넣고 밥만 주는 게 안 돼. 개들 안 팔고 데리고 산 지 1년째야. 엄마가 그러는데 내가 하루라도 집에 안 들어가면 애네들이 밤새 끙끙댄대. 나 같은 놈도 주인이라고 엄청 따라. 원래 개 키워 팔려면 정 주고받으면 안 되거든. 개 키우는데 팔지를 못하니 돈이 안 벌리지. 그래서 지난여름에 엄마가 집 앞에다 포장마차를 차렸어. 우리 집이 큰길에서 가깝거든. 거기서 백숙이나 오리탕 같은 거 팔아. 국수도 말아 주고. 그것도 시원치 않지만 반찬값은 나오거든. 요즘은 가끔 노가다도 뛰는데 일감도 별로 없고, 변변한 기술이 없으니까 나를 잘 안 써."

"보신탕용 개들은 다 크고 험악하다던데. 그런 개들도 좋아하는 걸 보니 여전하구나."

농담처럼 한 말에 재민이가 정색했다.

"크건 작건 그게 뭔 상관이냐? 개까지 외모 보고 좋아하고 말고 하나? 난 그놈들 보면 마음이 더 안쓰러워. 내가 말이야, 개 키우면서 세상이 정말 더럽다는 걸 또 한번 느꼈거든. 너 아냐? 인간들이 도사견이랑 사냥개들이랑 똥개를 접붙여서 잡종을 만드는 거. 그놈들이 덩치가 커서 똥개보다 근수가 두 배 가까이 나가거든. 일부러 잡종을 만드는 거지. 근데 잡종은 살아 있는 동물 취급을 안 해. 그놈들은 살아 있을 때도 그냥 고기야. 난 개들을 그렇게 취급하는 인간을 보면 치가 떨려. 이 일 가르쳐 준 선배는 개 키워서 돈 벌 놈이 뭘 가리냐고 그러지만 정말 사람이 할 짓이 아니라는 걸 점점 느껴. 개를 일부러 좁은 우리에서 키워. 그래야 많이 움직이지 않고 살만 피둥피둥 찌니까. 감정이 있는 애들을 그 좁은 우리에 가둬서 기르면서 주인은 밥만 주고 갈 뿐 예쁘다 소리 한번 안 하지, 그러면 개들이 반쯤 미쳐. 개들을 보면 내 신세 같아. 작년에 개 우리 다 바꿨어. 개들도 땅 밟고 살라고. 아무래도 그 녀석들이랑 죽을 때까지 같이 살 거 같아."

"열다섯 마리나 된다며?"

"응."

"안 팔고 개네들 다 먹이는 게 가능해? 덩치도 크다며?"

"몸 좀 부지런히 움직이면 되지. 난 원래 똥개가 좋아. 우리 어렸을 때만 해도 똥개들은 자유롭게 다니면서 서로 지가 좋은 놈하고 짝 맺고 살았잖아. 자기 조상이 누군지, 뭔지 상관없었잖아. 난 그런 똥개들이 좋아. 그런 걸 뭐라고 그러지? 좋은 핏줄, 좋은 집안 내세우는 거 말이야. 혈통주의인가? 순혈주의인가? 나 그런 거 되게 싫거든."

"철학자 같다, 조재민."

"비웃지 마라."

"비웃는 거 아니야. 그런 모습 보니까 정말 옛날 재민이 같다. 고집 세고, 사람들 말에 잘 휘둘리지 않고. 그러면서도 정 많고 마음 약한 조재민 말이야."

"역시 넌 날 알아보는구나. 맞아, 나 되게 착한 사람이야. 그치?"

장난스럽게 능청을 떨던 재민이가 갑자기 시무룩해졌다.

"그런데 그 성격 때문에 평생 사는 게 이 모양이다. 모질지 못하고, 고집만 세고. 이 일로 돈 버는 것도 글렀어. 어쨌든 요즘엔 후회가 많다. 진즉에 노가다 따라다녔으면 기술이라도 배웠을 텐데. 이 나이에 어디 취직하기도 어렵고."

재민이가 착잡한 표정을 짓더니 일어나며 말했다.

"더 안 먹을 거면 나가자. 어디 가서 커피라도 마시게."

설렁탕값을 계산하려는 듯 재민이가 서둘러 카운터 쪽으로 갔다.

"고맙다. 커피는 내가 살게."

재민이를 따라간 곳은 샌드위치와 커피를 파는 체인점이었다. 나는 커피를 시켜 놓고 다시 재민이를 바라보았다. 희끗희끗한 머리와 검게 그을린 눈 밑, 나보다 두세 배는 더 많아 보이는 주름, 그런데 그 낯선 얼굴에서 차츰 재민이의 어린 시절 모습이 떠올랐다.

재민이는 우리 집과 대문을 마주 보고 있는 양옥집에 살았다. 재민이가 언제부터 그 집에 살았는지 잘 기억이 나지 않지만, 초등학교 입학식에 같이 간 걸 보면 그전부터 거기 살았던 것 같다.

재민이는 우리 동네에서 유일한 혼혈아였다. 우리 동네는 보산리 기지촌과는 조금 떨어진 주택가였기 때문에 재민이 같은 혼혈 친구들이 거의 없었다. 재민이는 외할머니, 엄마와 살았다. 클럽 마담으로 일하면서 미제 물건 장사를 하던 재민이 엄마는 소문난 악바리에다 구두쇠였다.

재민이 엄마가 오랫동안 다니던 클럽을 그만두고 '오피스'를 차린 것은 우리가 5학년 때였다. 미군부대 앞에는 오피스라는 간판을 단 가게가 많았다. 그 말이 '사무실'을 뜻한다는 걸 중학교 때 알았고, 어린 내가 이해한 오피스는 이민을 알선해 주거나 영어가 능숙하지 않은 한국인과 미국인 간의 편지를 번역하거나 대필해 주는 곳이었다.

동네 사람들은 재민이 엄마가 오피스를 차리자 시샘을 했다. 그때 오피스는 꽤 괜찮은 돈벌이 중 하나였기 때문이다. 동네 사람들은 오피스를 같이 운영하는 동업자가 재민이 엄마 기둥서방이라며 숙덕거렸지만, 곧 재민이 외삼촌인 게 밝혀졌고 덕분에 한동안은 동네 아줌마들 기세가 한풀 꺾였다. 재민이 외삼촌은 재민이 엄마가 열여덟에 기지촌에 들어와 번 돈으로 대학까지 나온 사람이었다. 대학 나온 사람이 흔치 않던 때라 재민이 엄마는 언제나 '우리 동생이 대학 다닐 때' 하고 자랑을 했다. 그때마다 사람들은 입을 비죽거리며 비아냥거렸다.

"동생만 대학 나오면 뭐하누. 자기는 양갈보인 주제에."

나는 동네 사람들이 왜 재민이 엄마를 그토록 싫어하는지 알 수 없었다. 가끔 술에 취하면 골목에 나와 고래고래 소리를 지르며 우는 버릇이 있었지만, 술주정 내용은 동네 사람들한테 당한 분풀이나 신세타령이 대부분이었다. 다른 동네 사람이라면 그냥 눈감고 지나갈 일도 재민이 엄마가 얽힌 일이면 그냥 지나가는 법이 없었다. 사람들은 하다못해 재민이 엄마가 교회에 열심히 다니는 것 갖고도 눈살을 찌푸리고 뒷말을 했다. 나는 가끔 재민이네가 없었다면, 동네 아줌마들이 무슨 재미로 살까 싶었다.

어른들이 뭐라고 하든 아이들은 어떻게 하면 재민이네 집에 가서 놀까 궁리하느라 바빴다. 재민이네 집에는 레고 블록, 로봇 인형, 미니 자동차 같은 장난감이 많았다. 물론 모두 '메이드 인 유에스에이'였다. 재민이는 누가 자기네 집에 놀러 오는 걸 좋아해서 친구들만 오면 장난감은 물론 미제 사탕, 초콜릿까지 아끼지 않았다. 나를 비롯해 동네 여자아이들이 재민이네 집에 놀러 가는 데는 피아노도 한몫했다. 우리는 고작 학교 풍금으로 배운 젓가락 행진곡밖에 못 쳤지만, 재민이는 웬만한 동요는 듣기만 해도 다 칠 수 있었다. 재민이가 〈엘리제를 위하여〉나 엘비스 프레슬리의 〈러브 미 텐더〉를 피아노로 치면 동네 여자아이들이 다 넋을 잃었다.

재민이는 백인 혼혈이라 흑인 혼혈 아이들에 비하면 놀림을 덜 당한 편이었다. 재민이는 백인 혼혈 가운데서도 잘생긴 편이었고 공부도 썩 잘했다. 무엇보다 축구를 잘해서 4학년 때부터 반 대항 축구를 하면 재민이가 수비수, 공격수를 도맡아 이름을 날렸다. 5학년이 되자 재민이는 당연히 축구부에 뽑혔다. 미군 부대 지원을 받는 우리 학교 축구부는 유니폼도 멋지고 실력도 제법 있는 편이라 대회에 나가 상도 꽤 타 왔다. 아침에 교문에 들어서면 축구부 아이들이 유니폼을 멋지게 차려입고 운동장을 돌고 있었다. 나는 그 아이들 가운데 재민이가 있다는 게 무척 자랑스럽고 기뻤다. 어쩌다 재민이가 나를 알아보고 손이라도 흔들면 어깨가 으쓱 올라갔다.

그런데 재민이는 후보 선수를 면치 못했다. 실력을 따지면 다른 아이들보다 못할 게 전혀 없었지만 대회가 있을 때마다 번번이 대표 선수에서 탈락했다. 아이들 사이에 떠돌던 소문으로는 육성회 회원인 학부모들이 재민이를 싫어한다거나 새로 부임한 교장 선생님이 절대로 혼혈을 학교 대표로 할 수 없다며 고집을 피우기 때문이라고 했다.

읍내에서 지물포를 하건, 옷 가게를 하건, 책방을 하건 동두천 사람들은 거의 다 미군부대 덕분에 먹고살았다 해도 틀린 말이 아니었다. 하지만 그 기지촌 안에서도 차이는 분명 존재했다. 해자네처럼 방 서너 개 두고 포주 노릇을 하는 사람과 방이 열 개가 넘는 포주의 수입은 당연히 차이가 났다. 백인만 드나드는 클럽, 흑인만 드나드는 클럽이 다르고, 클럽에 다니는 양색시와 그렇지 않은 양색시가 달랐다. 또 그 양색시들을 상대로 빨래를 해 주는 사람, 양색시를 많이 거느린 포주 밑에서 일하는 남자까지……, 서로 같은 세계에 살면서도 삶의 질은 달랐다. 그렇지만 누가 뭐래도 불행한 건 한국 이름에 한국 호적을 갖고 있으면서도 이방인 취급을 받는 혼혈들이었다. 그 가운데는 아예 호적도 없이 학교조차 못 다니고 보산리 골목을 떠도는 아이들도 있었다. 미군만 보면 군침을 흘리고 쩔쩔매는 사람들도 자기들이 그토록 동경해 마지않는 미군의 피가 섞인 혼혈들만 보면 대놓고 비난하고 따돌렸다.

몇 년 전 서울에서 우연히 만난 동창은 동두천 얘기를 하면서 자랑스럽게 말했다.

"가만 보면 우리 동두천 출신들이 다 잘됐다."

그 아이는 동창들 가운데 누구는 의대를 다니고, 누구는 교대를 다니고, 누구는 육사에 갔다고 떠벌렸다. 그 아이들 가운데 재민이와 같은 혼혈은 없었다.

공기놀이나 고무줄놀이 따위에 별 관심이 없던 나는 재민이와 어울려 싸돌아다니는 걸 좋아했다. 자전거를 타고 상패리로, 모래내로 놀러 가기도 하고, 신천둑에 앉아 낙하산 훈련 하는 걸 하염없이 바라보기도 했다. 또 둘 다 우표 수집광이라 새로 우표가 발행된다는 소식이 들리면 새벽부터 자전거를 타고 읍에 나가 우체국 앞에서 문 열기를 기다렸다. 미군부대 다니는 아버지, 오피스를 하는 엄마를 각각 둔 우리는 다른 애들보다 외국 우표도 많은 편이라 친구들의 부러움을 샀다.

초등학교 때 우리 엄마는 다른 아줌마들처럼 내가 재민이랑 어울리는 걸 대놓고 싫어하지는 않았다. 그런데 중학생이 되자 눈치가 좀 달라졌다. 처음에는 교복 입은 학생들이 남녀 구분 없이 어울려 다니는 건 별로 보기 좋지 않다며 학교에 오갈 때 따로 다니라고 했다. 그다음에는 중학생이니 공부를 해야 한다며 재민이랑 자전거 타고 노는 걸 막았다. 그러더니 어느 날부터는 재민이가 중학교 생활에 적응을 못 하느니, 질 나쁜 아이들을 사귀느니 하며 걱정을 했다. 우리 엄마도 드디어 동네 사람들 눈치를 보기 시작했다는 걸 깨달았지만 나는 아랑곳하지 않았다.

그런데 언젠가부터 재민이가 먼저 거리를 두기 시작했다. 우리 집에 놀러 오지도 않고, 내가 놀러 가면 심드렁한 얼굴로 달갑지 않은 눈치를 보였다. 학교 갈 때도 일부러 잰걸음으로 앞장서 가 버리고, 어쩌다 하굣길에 만나도 아는 척을 안 했다. 나는 한동안 혼자 속을 끓이다 따졌다.

"조재민, 너 왜 그래? 나한테 삐친 거 있어?"

"아니."

"아니긴 뭐가 아니니? 안 그러면 왜 학교도 혼자 가고 아는 척도 안 하는데?"

내 볼멘소리에 재민이가 어이없다는 표정을 지었다.

"네가 나 때문에 동네 애들한테 놀림을 당한다며?"

"그게 무슨 말이야?"

"너희 엄마가 그러던데. 중학생 돼서도 나랑만 놀아서 친구들이 놀린다고."

"내가 언제 너랑만 놀아. 해자랑도 놀고 우리 반 애들이랑 더 많이 노는데."

"몰라. 너희 엄마가 그랬어. 내 생각도 그래. 이제 중학생이니까. 우리 선도부들도 너희 학교 애들하고 장난치고 놀지 말래."

재민이가 다니는 남중과 내가 다니는 여중은 담장도 없이 언덕길을 사이에 두고 있어 점심시간이나 등·하교 시간에는 선도부들이 길목을 지켰다. 그날 나는 엄마에게 재민이한테 그렇게 말한 까닭을 따지며 울고불고 야단법석을 떨었다. 그러나 그런다고 이미 서먹해진 재민이와 내가 예전처럼 스스럼없이 지낼 수는 없었다.

재민이는 볼 때마다 키가 자라 있었다. 코밑이 거무스름해지고 목소리도 달라졌다. 그리고 점점 날라리로 소문난 아이들과 어울리기 시작했다. 재민이는 그 아이들과 어울리면서 나를 제 동생처럼 여겼다. 동네 사람들은 껄렁거리는 재민이를 보며 그럴 줄 알았다며 혀를 끌끌 찼다.

그런데 언제부턴가 재민이가 달라 보이기 시작했다. 어쩐 일인지 골목에서 눈이 마주치면 괜히 얼굴이 화끈거리고 며칠씩 얼굴을 보지 못하면 보고 싶어졌다. 재민이에 대한 감정이 달라지면서 골목 밖에 나갈 때도 옷매무새나 머리에 신경이 쓰였다. 하지만 그 마음을 누구에게도 털어놓을 수 없었다.

곧 열다섯이 될 우리는 겨울방학이 되자 스케이트장 한 달 정기권을 끊고는 들떠 있었다. 신천에는 겨울마다 서너 곳의 스케이트장이 문을 열었다. 그중 우리가 단골로 삼은 곳은 읍내에서 남산머루로 들어가는 철교 바로 아래였다. 해자가 동네 언니들한테 미리 조사해 본 결과, 그 스케이트장에 괜찮은 남학생들이 많이 온다는 거였다. 정말로 그 스케이트장은 주인아저씨가 젊어서인지 유행하는 팝송과 가요를 온종일 틀어 주었고, 우리 또래 학생들이 많았다.

해자와 친구들은 스케이트장에 도착하면 어떤 애들이 왔는지부터 살폈다. 그러고는 괜찮은 애들을 점찍어 놓고 그 앞에서만 알짱거렸다. 일부러 넘어지기도 하고 괜히 더 큰 소리로 떠들기도 했다. 내 관심사는 오로지 재민이었다. 재민이도 스케이트를 타러 온다면 또래가 많은 여기로 올 거라 믿었다. 그날도 스케이트장 입구만 바라보고 있는데 친구들이 호들갑을 떨었다.

"정원아, 오늘 해자가 한턱낸대."

"해자가 왜?"

"마음에 들어 하던 고등학생 오빠한테 러브레터를 받았대."

"정말?"

"응. 이따가 시장 앞 빵집에서 만나기로 했대."

"우와."

우리는 얼굴이 빨갛게 달아오른 해자 등을 떠밀어 휴게실로 우르르 들어갔다.

"좋아. 오늘은 이 민해자가 낸다!"

비닐 천막을 친 휴게실에는 어묵이랑 떡볶이를 파는 분식점이 있고, 한쪽에는 스케이트를 빌려주고 날을 갈아 주는 곳이 있었다. 방학 때라 휴게실은 발 디딜 틈 없이 북적거렸다. 우리는 어묵 꼬치를 하나씩 들고 의자에 걸터앉아 수다를 떨었다. 그런데 갑자기 해자가 내 쪽으로 어깨를 돌리더니 입을 귀 가까이 갖다 댔다.

"야, 저기 봐 저기. 쟤 조재민 아니냐? 옷차림 좀 봐라."

해자가 가리키는 쪽을 보니 정말 재민이였다. 재민이는 허벅지가 딱 달라붙고 무릎께가 찢어져 실밥이 너덜거리는 청바지를 입고 있었다. 거기다 미군들이 좋아하는 반짝이 실로 호랑이 얼굴을 수놓은 까마반드르한 점퍼까지 걸쳤다. 읍내나 보산리에서 깡패 흉내를 내며 껄렁거리는 아이들도 웬만해서는 엄두를 내지 못하는 차림새였다.

"쟤, 요즘 노는 애들이랑 어울린다더니 옷 좀 봐라. 야, 근데 조재민 몸매 하나는 쫙 빠졌다. 그치? 옆의 애들은 다 코미디언 이기동처럼 짜리몽땅 안 어울리는데. 역시 빽바지는 다리가 늘씬해야 멋져."

해자가 떠드는 소리를 듣기라도 했는지 재민이가 내 쪽을 봤다. 얼른 눈길을 피했지만, 재민이는 내 눈길이 자기를 따라다니는 것을 알아챈 것 같았다. 재민이와 친구들이 우르르 스케이트장으로 들어왔다.

"야, 우리도 나가자."

해자가 친구들을 몰고 나갔지만 나는 일부러 스케이트 끈을 다시 매며 시간을 끌었다. 티 한 점 없이 맑고 파란 하늘에서 쏟아져 내리는 햇살 탓에 재민이가 보이지 않았다. 게다가 매서운 바람에 자꾸 눈물이 났다. 나는 천천히 스케이트장을 돌면서 재민이를 찾았다. 재민이는 한쪽에서 다른 학교 여학생들하고 어울려 스케이트를 타고 있었다. 눈길을 다른 데로 돌리려 애썼지만 헛일이었다. 어설픈 깡패 흉내를 내며 휘젓고 다니는 재민이가 자꾸만 눈에 들어왔다.

"야, 김정원! 침 떨어지겠다. 왜 조재민만 보고 있냐?"

해자가 옆구리를 쿡쿡 찌르며 빈정거렸다.

"내가 언제?"

"언제는 뭐가 언제야. 지금도 멍하니 재민이만 보고 있으면서. 근데 쟤 정말 눈꼴사납다. 조재민 초등학교 땐 그래도 착하지 않았냐? 이젠 완전 날라리 다 됐다."

나 역시 다른 여자애들하고 하롱거리는 모습이 거슬렸지만 재민이를 두고 빈정대는 소리는 듣기 싫었다.

"해자야, 오늘은 그만 가자."

"얘가 미쳤나? 겨우 한 시간밖에 안 탔어."

"아파서 그래. 속도 메스껍고 머리도 아프고."

해자가 갑자기 팔짱을 끼더니 눈을 가늘게 뜨고 새실거렸다.

"너 조재민 땜에 그러지?"

"아니야. 내가 왜?"

"웃기지 마. 너 이 언니 눈은 못 속인다. 드디어 김정원이 짝사랑에 빠진 거야."

해자가 내 어깨를 툭툭 치며 능청을 떨었다. 속으론 뜨끔했지만 얼른 손사래를 치며 시치미를 뗐다.

"맘대로 생각해."

"요것 봐. 얼굴 빨개진 거. 키키키. 하여간 순진하긴."

해자는 놀려 먹는 재미가 들었는지 계속 깐족거렸다.

"민해자, 너 자꾸 그럴래?"

"봐라, 이제는 아주 노골적으로 성질내네? 이 언니한테 솔직히 털어놔 봐. 내가 상담해 줄게."

아무리 친한 친구라지만 속마음을 들켰다 생각하니 얼굴이 화끈 달아오르고 무안해 견딜 수가 없었다.

"나쁜 계집애, 놀리는 게 그렇게 재미있냐? 어디 너 혼자 실컷 떠들어 봐."

나는 불뚝성을 내고 돌아섰다. 그래도 해자는 꿈쩍도 하지 않고 재민이가 어쩌고저쩌고하며 끈질기게 새살거렸다. 해자는 휴게실이 가까워졌을 때야 걱정스러운 소리로 크게 외쳤다.

"야, 김정원! 정말 삐친 거야? 장난이야, 장난. 가지 마."

나는 뒤도 안 돌아보고 휴게실 문을 열었다. 그런데 문을 열고 들어서자마자 앞으로 곤두박질을 치며 휴게실 바닥에 나동 그라지고 말았다. 바닥에 깔아 놓은 가마니에 스케이트 날이 걸린 것이다. 학생들뿐 아니라 날을 갈던 아저씨, 분식집 아줌마까지 한꺼번에 웃음을 터뜨렸다. 화도 나고 창피하기도 하고 엉망진창이었다. 화끈 달아오른 얼굴을 푹 숙이고 스케이트를 벗는데 누가 앞을 가로막고 섰다. 재민이였다. 넘어진 걸 봤을까 마음이 쓰였지만 시치미를 뗐다.

"왜, 무슨 일이야?"

"그냥……. 근데 너 가려고?"

재민이가 쭈뼛거리며 물었다.

"남이야, 가든 말든."

싸늘한 대답에 머쓱해진 재민이는 머리만 긁적였다. 그러더니 얼른 표정을 바꿔 말했다.

"있잖아. 내 친구들이 네 친구들이랑 같이 놀재. 너희도 그렇고 우리도 넷이니까 짝도 맞고……"

"해자한테 물어봐. 난 갈 거야."

"그럼 짝이 안 맞는데……"

갑자기 부아가 치밀었다.

"짝이 안 맞는다고? 그럼 딴 여자애들이랑 놀면 되잖아. 어차피 내 친구들은 날라리들이랑 안 놀아."

"날라리? 싫으면 그냥 싫다고 할 것이지, 왜 뿔따구를 내냐?"

재민이도 골이 잔뜩 난 표정으로 쏘아붙였고, 나는 나대로 더 삐뚤어진 말투로 따지고 들었다.

"내가 언제 뿔따구를 냈다고 그래! 네가 하도 기가 막힌 말을 하니까 그렇지!"

"야, 내가 뭐라고 그랬다고! 같이 놀자고 한 것뿐인데. 너 되게 이상해졌다."

"내가 이상하다구? 이상한 게 누군데? 너야말로 진짜 이상한 거 알아? 중학생 됐다고 깡패 같은 애들이랑 어울려 다니고."

재민이가 어이없다는 듯 어깨를 들썩였다.

"야, 김정원. 내가 깡패 같은 애들이랑 다니건 말건 네가 참견할 일 아니잖아. 너 좀 웃기다."

"내가 참견한 거야? 네가 먼저 건드렸잖아."

"그래, 너 잘났다. 맨날 혼자 고상한 척이나 하고. 재수 없어."

재민이는 단단히 부아가 난 얼굴이었다. 나를 내려다보며 씩씩대더니 눈을 흘기고 나가 버렸다. 재민이가 내뱉은 마지막 말에 심장이 쩍 갈라지는 것 같았다. 겨우 울음을 참고 스케이트장을 나왔다. 둑으로 올라와 보니 재민이는 여전히 친구들과 스케이트장을 휘젓고 있었다. 집으로 오는 동안 곰곰이 생각해 보니 아무래도 재민이한테 화낼 만한 일이 없었다. 재민이 옷차림이 거슬렸지만 내가 화낼 일은 아니었다. 자기 친구들이랑 놀자는 말에도 그렇게 야멸치게 거절할 까닭이 없었다. 어쩌면 휴게실에서 넘어지지만 않았어도, 재민이가 처음부터 나에게만 관심을 보였더라도 그렇게까지 쏘아붙이지는 않았을지 모른다. 후회가 밀려들었다.

재민이는 정말 단단히 화가 난 모양이었다. 그 뒤로 나랑 골목에서 마주치면 먼저 고개를 돌려 버렸다. 제 친구들과 어울려 있을 때는 수군대고 키득거리며 내 기분을 상하게 했다. 그럴 때마다 이제 더는 재민이한테 신경 쓰지 않겠다고 다짐했다. 한동안 스케이트장에도 가지 않고 집에만 틀어박혀 있었다. 마주치지만 않으면 생각도 덜 나고 스케이트장에서 있었던 일도 곧잊을 수 있을 것 같았다. 하지만 뜻대로 되지 않았다. 생각을 안하려고 하면 할수록 내 머릿속은 점점 더 재민이로 가득 찼다. 책도 손에 안 잡히고 텔레비전도 눈에 들어오지 않았다. 자꾸마음만 들썽거렸다. 뒤늦게야 해자 말대로 내가 첫사랑을 시작했다는 것을 깨달았다. 소설책을 볼 때마다 꿈꾸고 기대했던 첫사랑이 하필 재민이라니, 그것도 짝사랑이라니. 억울하고 속상했다. 사랑하는 사람은 내 마음대로 선택할 수 있을 줄 알았는데. 모든 게 뒤죽박죽이 되어 버렸다.

연말이 다가오자 해자는 자기네 집에서 송년회를 하자고 꼬드겼다. 기말고사가 끝났을 때부터 올나이트 준비를 한다고 친구들끼리 몰려다녔다. 동두천 아이들은 일찌감치 미군 문화에 길들여진 탓에 크리스마스나 연말이 되면 어른들보다 더 들떠송년회를 한다, 올나이트 파티를 한다 야단법석이었다. 나는 썩내키지 않았다.

"너 빠지면 재미없단 말이야."

해자가 집까지 찾아와 졸랐다.

"웃기지 마. 나 재미없는 거 다른 애들도 다 아는데."

"아니야. 네가 있어야 놀려 먹고, 장난도 치지. 웃는 거 하나는 네가 끝내주잖아. 내가 막 분위기 잡고 웃기는데 아무도 안 웃어 주면 얼마나 썰렁하냐."

"그냥 마음이 그래."

해자는 물러서지 않았다.

"그럼 우리 재민이네 부를까?"

"뭐?"

"재민이 우리 옆집 애랑 같이 다니잖아. 걔네들도 재민이네서 올나이트 한대."

"미쳤냐? 남자애들이랑. 그러다 걸리면 정학이야."

"어휴. 이 맹물. 야, 누구한테 걸려?"

"선생님들한테."

"어우. 너 순진한 거냐, 바보냐? 선생들은 뭐 송년회 안 하냐? 미쳤다고 연말에 학생들 잡으러 다니냐? 그리고 뭐 우리가 나쁜 짓 한대? 그냥 모여서 얘기하고 노는 거지. 미자 언니가 피엑스에서 콜라랑 감자 칩도 갖다 줬어."

해자는 끈질기게 꼬드겼지만 그럴수록 내 마음은 더 꽁꽁 닫혔다. 해자가 지쳐서 떨떠름한 얼굴로 자전거에 올라탔을 때였다. 재민이네 집에서 아이들이 우르르 몰려나왔다. 그중에는 해자네 옆집에 산다는 애도 끼어 있었다. 그 애가 해자를 보고는 까불까불 말했다.

"야, 민왈가닥. 너희 집에서 올나이트 한다며. 우리도 껴 줄
래?"

해자는 내 눈치를 흘낏 보고 새살거리며 말했다.

"올나이트는 무슨 올나이트야? 쪼끄만 것들이 발랑 까져서는.
연말연시는 가족과 함께 몰라? 우리 그런 거 안 해."

해자는 애들한테 혀를 쏙 내밀고는 자전거 페달을 힘껏 밟아
내달렸다. 남자애들이 해자 뒤꽁무니를 바라보다 키득거렸다.
나는 곁눈질로 재민이를 훔쳐보다 도망치듯 대문 안으로 들어
왔다.

새해가 되고도 며칠 동안 해자는 코빼기도 안 보였다. 송년회
는 잘 했는지 별일은 없었는지 궁금했지만 나도 며칠을 집에서
만 뒹굴었다. 방바닥에서 뒹구는 게 지겨워질 무렵 방학 숙제를
대강 챙겨 들고 해자네 집으로 놀러 갔다. 해자는 담배 가게에
딸린 골방에서 헝겊 리본으로 장미를 접고 있었다.

"어쩐 일이셔. 난 또 상사병으로 죽었나 했지?"

가겟방으로 들어서는 나를 보더니 해자가 놀리듯 말했다.

"너 자꾸 그러면 나 그냥 간다."

해자가 손을 잡아끌었다.

"앉아. 나 심심해 죽을 뻔했어. 우리 엄마랑 아버지 병원에 갔

거든."

"왜?"

"우리 큰오빠 또 사고 쳤잖아. 친구들하고 소요산에 놀러 갔다가 술 먹고 미군들하고 시비가 붙었나 봐. 코뼈가 다 나갔다나 뭐라나. 우리 엄마가 그 애비에 그 아들이라고 이를 갈면서 갔다는 거 아니냐."

해자는 남의 집 일 말하듯 덤덤했다. 해자 옆에 쭈그리고 앉았다. 조용할 날 없는 해자가 안쓰러웠지만 내색할 수는 없었다.

"리본 장미는 왜 만들어?"

"이거? 크크크. 나 남자친구 생겼다."

"스케이트장에서 만난 오빠 말고?"

"그 오빤 벌써 끝났지."

"이번엔 누군데?"

"누구냐고? 너 조재민이랑 다니는 애들 중에 키 제일 크고 덩치 좋은 애 기억나?"

"몰라."

"왜 초등학교 때 육상부였던 애."

"난 몰라. 그래서 걔 주려고 장미 접는 거야?"

"걔가 나한테 못난이 삼형제 인형을 줬다. 그거 보면서 자기 생각하래. 되게 웃기지? 이 장미는 걜 줄까 다른 애 줄까 망설이는 중."

"다른 애?"

"응. 그냥 주고 싶은 애가 생겼어."

"뭐야? 너 사귀는 애 생겼다며 꽃은 다른 사람 준다고?"

"농담이야, 농담."

해자는 정성껏 만든 분홍 장미를 둥글게 말아 유리컵에 담았다.

"봐. 예쁘지? 이게 요새 유행이야. 컵장미라고. 너도 해 볼래?"

"줄 사람도 없는데, 뭐."

"왜 줄 사람이 없냐? 이걸로 고백하는 거야. 조재민, 나 너 좋아해."

해자 말에 귓불까지 달아올랐지만 은근히 솔깃했다. 며칠 있으면 재민이 생일이다. 크리스마스에 카드 한 장 안 보낸 재민이가 야속했지만 어쩌면 화해를 할 수 있는 기회일지도 몰랐다.

해자네 집을 나와 재민이가 좋아하는 빨간색 리본과 와인 잔을 하나 샀다. 그리고 재민이 나이대로 열여섯 송이를 접었다. 재민이는 나보다 한 살 더 많았다. 1년 먼저 학교에 갔어야 했는데 재민이 엄마가 뒤늦게 출생신고를 해서 늦어진 것이었다. 열여섯 송이 장미를 둥글게 말아 와인 잔에 담고 보니 꽤 그럴싸했다. 컵장미를 포장하고 생일 카드를 썼다. 멋지게 쓰고 싶었다.

내 마음을 들키지 않으면서도 감동을 줄 수 있게 쓰고 싶었다. 생일 카드 속지를 몇 번이나 다시 만들어 붙였다 뗐다 했다. 끝내 내가 쓴 말은 딱 두 문장이었다.

"생일 축하해. 우리 우정이 영원하길 빌며."

컵장미를 들고 재민이네 집에 갔다 온 동생은 쪽지를 가지고 돌아왔다. 나는 떨리는 마음으로 쪽지를 펴 봤다.

"엄마가 공짜 표 두 장 줬는데 영화 보러 가자."

하늘로 붕 떠오르는 느낌이었다. 그날 나는 재민이와 〈사운드 오브 뮤직〉을 봤다. 이미 윤희 언니랑 두 번이나 봤던 영화였고, 날씨는 춥고 난방도 안 돼 금방 손발이 얼어붙었지만 그렇게 화해할 수 있다는 게 기뻤다. 영화를 보고 온 다음 우리는 우표를 사러 같이 가고 책도 빌려 보며 서먹한 걸 푸느라 애썼다. 하지만 재민이는 여전히 제 친구들과 어울려 읍내 쏘다니길 좋아했고 나는 나대로 친구들과 있는 게 더 편했다.

재민이한테 특별한 감정을 갖게 되면서부터 같이 있는 것보다는 혼자 재민이를 상상하고 그리워하는 게 더 좋았다. 만나게 되면 점점 더 거칠게 변해 가는 재민이가 걱정스러워 자꾸만 잔소리를 하게 되고 말다툼으로 이어졌다. 나는 혼자 방구석에 틀어박히거나 자전거를 타고 여기저기 쏘다니며 내 마음속 재민이를 불러냈다. 그렇게 소요산으로, 열두 개울로, 재인폭포로 놀러 다니며 짜릿해하고 즐거워했다. 상상 속 재민이는 예전처럼 편하고 다정하고 안정되어 있었다. 하지만 현실의 재민이는 왠지 위험해 보이고 불안했다.

여름 방학식을 하고 집에 오니 동생들이 호들갑을 떨었다.

"언니, 언니. 우리 바캉스 간대. 한탄강 방갈로에서 하룻밤 잘 거래."

가족들과 휴가라니 썩 내키지 않았다.

"엄마, 난 안 가면 안 돼?"

엄마가 아버지 몰래 눈살을 찌푸리며 귓속말을 했다.

"아버지가 모처럼 계획하신 거야. 잔말 말고 준비해."

장마가 한풀 꺾이고 무더위가 막 시작된 터라 한탄강에는 사람들이 왁자지껄했다. 물살이 센 강 건너편에는 미군과 여자들이 탄 모터보트가 요란한 소리를 내며 오가고, 모래밭 앞 물이 얕은 곳은 사람들로 발 디딜 틈이 없었다. 점심을 먹고 아버지는 돗자리에 누워 낮잠을 청하고 엄마는 막내와 물장구를 치며 놀았다. 곳곳에서 들려오는 시끄러운 음악 소리에도 아버지는 금세 코를 골았다.

아버지가 깊이 잠든 걸 보고 슬그머니 일어났다. 아까부터 방갈로 뒤에서 익숙한 음악 소리가 나서 궁금했기 때문이다. 혼자 슬쩍 갔다 오려는데 동생이 눈치를 채고 따라왔다.

"나도 같이 가."

"넌 막내랑 놀아."

"싫어."

소나무 숲 너머 캠프장에서 재민이와 재민이 엄마가 좋아하는 클리프 리처드의 노래가 들려왔다. 역시 예감이 맞았다. 재민이가 거기 있었다. 재민이네 엄마가 다녔던 클럽에서 함께 소풍을 온 모양이었다. 재민이네 집에 드나들던 클럽 언니들과 재민이 외삼촌이 보였다. 여자들 사이에 섞여 있는 재민이는 얼핏 보면 고등학생 같았다.

춤을 추는 재민이는 정말 멋졌다. 재민이는 초등학생 때부터 춤을 잘 췄다. 트위스트, 고고, 어떤 음악이 나오건 리듬을 탈 줄 알았다. 넋 놓고 구경하는데 재민이 엄마가 어느 틈에 나를 알아보고 가까이 왔다.

"어머, 정원아. 정은이도 왔네."

재민이 엄마는 우리를 보고 반가워하며 평상으로 데리고 가 닭튀김과 콜라를 챙겨 주었다.

"정원이 너 요즘 우리 집에 놀러 오지도 않고. 아휴, 컸다고 새침 떨기는. 이거 먹고 있어. 재민이 불러 줄게."

"아, 아닌데."

말릴 새도 없이 재민이 엄마가 재민이를 불렀다. 정은이는 닭
튀김을 보고 눈이 휘둥그레졌다.

"언니, 우리 이거 먹고 가자. 응?"

어쩔 수 없이 평상에 엉거주춤하게 걸터앉았다. 재민이가 다
가왔다.

"언제 왔어?"

"아까."

재민이는 나를 보고도 반가워하지도 놀라지도 않았다. 그저
무덤덤했다.

"너는 언제 왔어?"

"우리는 여기서 잤어."

재민이는 내 말에는 시큰둥하게 대답을 하고 정은이한테 다
정하게 말을 걸었다. 나는 정은이와 재민이가 키득거리는 걸 떨
떠름하게 바라보고만 있었다. 예전과 다름없이 재민이에게 장난
을 치는 정은이가 부러웠다. 한참 정은이와 놀던 재민이가 갑자
기 생각난 듯 말했다.

"참, 나 어제 윤희 누나 만났다."

"윤희 언니?"

"응. 제이콥 이제 막 기어 다녀. 근데 윤희 누나가 왜 나한테
네 소식을 묻냐? 너 누나랑 싸웠어?"

"내가 언니랑 왜 싸워?"

"그런데 왜 나한테 네 안부를 물어? 너 윤희 누나 사는 데도 아직 안 가 봤지?"

"응. 나중에 엄마랑 갈 거야."

그간의 사정을 자세히 말하고 싶지 않아 대충 얼버무렸다.

"너 제이콥은 봤냐?"

"봤어. 언니 조산원에 있을 때."

재민이가 뻥한 눈으로 나를 봤다.

"그리고 여태 안 봤어? 윤희 누나가 집에 안 가는 건 울 엄마한테 들어서 알고 있었지만 왜 너까지 그래? 너희 식구도 누나가 흑인이랑 결혼하고 애 낳아서 그래?"

재민이가 어처구니없다는 표정으로 물었다.

"아니야, 그런 거."

"그럼 왜 연락을 안 해?"

나는 대답을 할 수 없었다. 사실은 나도 잘 몰랐다. 윤희 언니네 집에 왜 한번도 가 볼 생각을 안 했는지. 그제야 궁금했다. 엄마 아버지는 언니와 연락을 하고 있는지. 언니네 집에는 가 보았는지.

"윤희 누나가 무슨 죄라도 지은 것처럼 그 집 식구들이 난리 피웠다고 하더니. 너도 제이콥이 나처럼 튀기라서 싫어? 아님 창피해? 세상에서 엄마 아빠 다음으로 좋은 사람이 윤희 누나라더니. 순 거짓말이네."

재민이의 비비 꼬인 말투가 불편했다. 아니 그 빈정거림이 아팠다. 재민이는 내 기분은 아랑곳하지 않고 덧붙였다.

"나는 겉으로는 나 같은 애들 동정하고 잘해 주는 척하면서 속으로는 자기들이랑 다르다고 생각하는 사람이 더 싫더라. 차라리 대놓고 뭐라 하는 사람이 낫지. 난 이중적인 사람이 더 싫어."

재민이와 이야기를 하면 자꾸 오해가 생기고 꼬였다. 그 까닭이 뭔지 정말 답답했다.

"아니야, 그런 거. 너는 왜 내가 무슨 말만 하면 비비 꼬아 네 멋대로 생각해? 내가 뭘 어쨌다고 그런 식으로 말해? 그러는 너는 내 마음을 알아?"

"아니, 몰라. 알고 싶지도 않아. 어차피 너도 나를 모르잖아. 내가 왜 이렇게 기분이 더럽고 비참한지. 저번에 동네 아줌마들이 윤희 누나가 양색시가 됐니 어쩌니 수군대더라. 야, 너 사람들이 울 엄마보고 뭐라는 줄 알아? 양색시라고 해. 이제는 클럽에도 안 나가고, 미군도 안 만나는데도 그런다고. 나 때문에, 내가 튀기니까. 그럴 때마다 내 기분이 어떤지 알아? 사람들한테 물어보고 싶어. 도대체 튀기가 뭐 어쨌다는 거야? 물건은 미제

라면 사족을 못 쓰면서, 왜 우리 같은 애들은 싫어해? 나도 반쪽은 사람들이 좋아 죽는 미제라고. 그리고 나머지 반은 너희하고 똑같다고. 도대체 우리가 왜 무시당해야 하냐고! 왜!"

재민이 말이 화살이 되어 가슴에 와 박혔다. 그제야 처음으로 재민이에게 깊이, 아주 깊이 미안한 마음이 들었다. 하지만 미안하다는 말은 못 했다.

재민이네 식구들이 짐을 챙겨 동두천으로 돌아갔다. 여름마다 열리는 한탄강 임시 역으로 재민이네가 올라가는 걸 멍하니 바라보았다. 클럽 누나들 틈에 끼어 재민이는 땅만 보고 걸었다. 모두 내 탓인 것만 같아 안쓰러웠다. 나는 속으로만 미안하다는 말을 되뇌었다.

재민이의 성난 모습을 그때 처음 본 것은 아니었다. 재민이는 초등학교 때도 평소에는 순하고 점잖은 애늙은이 같다가도 누군가 자존심을 건들거나 자기 엄마 흉을 보면 상대를 가리지 않고 달려들었다. 동네 사람들은 그런 재민이를 악돌이라고 못마땅해했고, 그 어미에 그 아들이라고 구시렁거렸다. 재민이는 늘 가시를 숨기고 다니다 누군가 자기를 건드리면 가시를 세우고 방어했다. 그 가시가 세상에서 살아남기 위한 보호막이고 무기였다는 걸 안 것은 철이 든 뒤였다. 그날 나는 재민이의 날카로운 가시에 찔렸다. 그러고 나서야 비로소 내 아픔에 정신이 팔려 내가 재민이에게 준 상처는 미처 보지 못했다는 걸 알게 되었다.

"여보, 당신도 들었수? 재민이가 아빠한테 간대. 재민이 삼촌이 개 아버지를 찾았나 봐. 용케 찾았어. 쉽지 않았을 텐데."

2학기 개학 첫날 저녁 밥상 앞에서 엄마가 재민이 이야기를 꺼냈다.

"그래? 잘됐네. 재민이 그 녀석, 애는 똑똑하던데 여기서 크면 장래가 뻔해. 잘됐네. 자기네 나라에서 크면 낫겠지."

자기네 나라. 아버지 말이 귀에 거슬렸다. 나는 재민이가 미국 사람이라고 생각해 본 적이 한번도 없었다. 어른들은 혼혈을 자꾸만 밖으로 떠밀려고만 했다. 우리말로 말하고 우리와 똑같은 이름을 쓰는 재민이를 자꾸만 울타리 밖으로 몰아내는 어른들을 이해하기 힘들었다.

재민이가 혼혈이라고 해서 나와 다른 건 하나도 없었다. 재민이도 나와 똑같이 홍역을 했고, 감기를 앓았고, 넘어지면 파란 멍이 들고 손을 베이면 빨간 피가 흘렀다. 곰곰 생각해 봤다. 재민이가 받는 그 편견과 차별이 미국에 가면 달라질까? 그렇지 않을 것이다. 거리에서 보는 미군들은 재민이와 또 달랐다. 재민이 낯빛은 백인만큼 하얗지 않고 머리카락도 금발이 아니었다. 무엇보다 재민이는 영어로 말하지 않았다. 재민이가 영어밖에 할 줄 모르는 낯선 아버지를 만나면 어떨지 상상하니 머릿속에 벼락이 치고 먹구름이 몰려들었다. 당장 재민이네 집으로 가서 아버지한테 가지 말라고 하고 싶었다. 나는 꽃밭 주위를 네댓 번이나 돌고 나서 마음을 먹었다. 그러고는 재민이네 집으로 갔다.

"아이고, 정원이 오랜만에 왔네."

재민이 외할머니가 반갑게 맞아 주었다. 할머니를 따라 마루에 올라섰는데 재민이가 제 방에서 나와 멋쩍게 웃었다. 마루에 서서 주뼛거리자 재민이 외할머니가 등을 떠밀었다.

"방에 들어가서 놀아라."

못 이기는 척 재민이 방으로 들어갔다. 방문을 열자 주먹만 한 치와와 새끼들이 몸을 달달 떨며 짖어 댔다.

"메리가 새끼를 낳았어. 두 마리가 암놈이다."

강아지들이 꼬리를 뻣뻣하게 내리고 짖어 대자 재민이가 강아지를 바구니에 담아 마루로 내놓았다. 재민이네 개가 임신하면 내가 가장 먼저 알았는데 메리가 새끼를 낳는 것도 모를 만큼 소원했다니 안타깝고 후회스러웠다. 재민이 책상 위에는 내가 준 빨간 컵장미가 놓여 있었다. 그걸 보니 기분이 좀 풀렸다. 나는 재민이 침대에 걸터앉아 한참 동안 발만 까닥까닥했다. 먼저 말을 걸어 주면 좋으련만 재민이는 책상에 앉아 만화책만 뒤적거렸다. 어색한 분위기를 깬 건 재민이 외할머니였다. 미국 수박과 바나나를 들고 온 할머니가 책상에 쟁반을 내려놓으며 말했다.

"재민이 미국 가는 소식 듣고 왔나?"

나는 재민이 눈치를 보며 고개를 끄덕였고, 할머니는 침울한 표정으로 남은 시간이라도 친하게 지내라고 말하고는 방을 나갔다. 할머니 태도가 좀 이상했지만, 금이야 옥이야 기른 손자를 보내야 하는 슬픔 탓이려니 했다. 재민이는 뜬금없이 경숙이 소식을 물었다.

"있잖아. 혹시 임경숙한테 연락 온 거 있냐? 걔 잘 있대?"

"경숙이? 아니, 연락 없어. 저번에 학교에서 경숙이 동생 만나 물어봤는데, 집에도 연락 없대. 원래 입양 가면 그런가 봐. 그건 왜?"

"아니, 그냥. 갑자기 생각이 나서⋯⋯."

재민이가 얼버무리더니 말을 돌렸다.

"나 아버지한테 간다는 얘기 누구한테 들었어?"

"엄마가 어디서 듣고 왔던데. 우리 동네 소문 빠르잖아."

왠지 어색해 나는 몇 번 헛기침을 했다. 또 말실수라도 해서 재민이 마음을 아프게 할까 봐 눈치만 살폈다. 그런데 재민이는 도무지 먼저 말을 꺼낼 기색이 아니었다. 할 수 없이 내가 먼저 조심스레 물었다.

"언제 가?"

"몰라. 올해 안으로 간대."

"너 혼자 가?"

"그럼. 혼자 가지."

"엄마는?"

"엄마는 여기 있어야지."

"너희 아버지 결혼했대?"

"몰라."

퉁명스럽고 짧은 대꾸에 더 물어보기가 난감했다. 엄마와 할머니 곁을 떠나는 게 좋을 리 없겠지만 마음속으로 간절히 원하던 아버지를 찾았다는 데도 재민이 표정은 어두웠다.

"너희 아버지 뭐 하는 사람이래?"

"몰라."

"다른 형제들도 있대?"

"몰라. 모른다고."

재민이가 짜증을 냈다.

"그런 거 자꾸 물어보려면 그냥 가."

재민이의 매몰찬 태도에 부아가 치밀었다. 나는 벌떡 일어나 방을 나서며 말했다.

"너만 가는 줄 알아? 나도 전학 가."

놀란 듯 부릅뜬 재민이 눈에 눈물이 핑 돌았다. 그 눈물에 흠 칫 놀랐지만 방문을 세게 닫아 버리고 나왔다. 그러고는 한 시 간쯤 뒤 재민이가 우리 집에 왔다. 나는 재민이 성화에 못 이기 는 척 시멘트 블록 공장 앞 공터로 따라갔다.

"아까 미안해."

"……."

대꾸를 하지 않자 재민이가 시멘트 블록에 걸터앉으며 말했 다.

"너 기억나냐? 우리 초등학교 때 여기서 눈으로 얼음집 만들 고 놀았던 거?"

뜬금없는 옛날 얘기에 부러 차가운 말투로 물었다.

"왜 나오란 거야? 딴소리 말고 용건만 말해."

"아까 미안했어. 근데…… 너 어디 가?"

재민이가 앉은 자리에는 가로등이 비치지 않아 얼굴이 잘 보 이지 않았다.

"전학 가."

"왜? 윤희 누나 때문에?"

"아니. 내가 왜 윤희 언니 때문에 전학을 가?"

"그럼?"

"미 2사단이 인원을 줄인다며? 내년까지 군무원 수도 줄인다나 봐. 아버지가 그동안 일자리 알아보러 다녔는데 그게 잘됐나 봐."

"어디로 갈 건데?"

"자세한 건 몰라. 서울이겠지 뭐."

"언제 가?"

"이달 말에."

"그럼 얼마 안 남았네."

재민이는 혼잣말하듯 중얼거리더니 입을 다물었다. 여전히 재민이 모습이 보이지 않아 표정을 알 수 없었지만 이따금 침 삼키는 소리가 들렸다. 재민이는 울고 있었다.

다음 날 수업이 끝나고 교문을 나서는데 분식집 앞에 재민이가 서 있었다. 혼자였다. 나를 만나러 왔을 리 없다 생각하면서도 계단을 내려오는 내내 설렜다. 두근거리는 가슴을 누르고 애써 태연하게 물었다.

"웬일이야? 누구 만나러 왔어?"

재민이는 얼른 대답을 못 했다. 그러더니 우르르 몰려나오는 여학생들을 흘낏 보면서 어색하게 물었다.

"너 어디 갈 데 있어?"

"아니. 왜?"

재민이가 머리를 긁적이며 말했다.

"집에 같이 가자고."

잠시 머릿살이 어지러웠지만 살며시 웃음이 나왔다. 그날 재민이는 우리가 헤어지기 전에 추억을 많이 만들어야 한다며 일주일 치 계획표를 짜 왔다.

그날부터 우리는 수업이 끝나면 부리나케 집으로 와 자전거를 타고는 탑골, 밤골, 방죽골, 남산머루로 쏘다녔다. 비가 오는 날은 영화를 보러 갔다. 둘 다 별로 좋아하지 않는 영화라도 상관없었다. 마카로니웨스턴 영화나 〈겟어웨이〉 같은 갱 영화도 봤다. 그렇다고 꼭 둘만 만나는 건 아니었다. 대개는 해자가 끼어 있거나 때로는 반 친구 두셋이 끼어들기도 했다. 엄마는 공부는 제쳐 놓고 쏘다니는 게 걱정스러웠을 텐데도 조용히 지켜보기만 했다.

재민이랑 헤어지는 것만큼 해자를 비롯한 친구들과 헤어지는 것도 아쉬웠다. 친구들과 오래오래 같이 있고 싶었다. 해가 저물어 하루가 지날 때마다 애간장이 타들어 갔다. 할 수만 있다면 시간을 조각낸 다음 실로 다시 길게 이어 붙이고 싶었다.

"정원아, 내일은 우리끼리만 만나면 안 돼?"

해자와 함께 소요산으로 하이킹을 다녀오던 날 재민이가 말했다.

"왜?"

"그냥 할 말이 좀 있어서."

"해자 있으면 안 되는 얘기야?"

"응."

나한테만 할 말이 있다는 게 뭔지 궁금하기도 하고 두렵기도 했다. 한 달 가까이 어울려 다니는 동안 재민이는 늘 불안하고 어두웠다. 학교에서 가끔 남학교를 멀리 건너다보면 재민이가 홀로 있는 게 눈에 띄었다. 또 무슨 일이 있는 건 아닌지 궁금했지만 재민이는 뭔가 물어볼라치면 입을 꽉 다물어 버렸다.

다음 날, 가을 운동회를 마치고 재민이와 약속한 대로 학교 뒷산에 올랐다. 거기에는 해자와 내 친구들만 아는 우리만의 아지트가 있었다. 산 중턱에 있는 무덤 앞이었다. 전망이 좋은 자리라 앉으면 우리 학교와 초등학교가 바로 내려다보이고 멀리 남산머루와 상패리 벌판이 다 보였다. 무덤은 늘 정성스레 벌초가 되어 있어 놀기에 딱 좋았다. 점심시간에 서둘러 도시락을 먹고 올라가 무덤 둘레를 감싸고 있는 활개에 기대앉아 수다를 떨다 5교시 종을 놓쳐 벌을 서기도 했다. 그런데 재민이는 그곳이 별로 마음에 안 드는지 찡찡한 얼굴로 무덤과 풀밭을 번갈아 보았다.

"왜 여기 마음에 안 들어?"

"아니."

내가 무덤 아래 활개 끝에 기대앉자 재민이도 따라 앉았다. 봄에 할미꽃이 올망졸망 피었던 둘레에는 보랏빛 쑥부쟁이가 예쁘게 피었다. 우리는 남산머루에 걸린 해를 바라보았다. 지는 해를 받은 신천이 황금빛으로 빛났다.

"참 예쁘지? 서쪽 하늘은 가을이 가장 예뻐."

재민이는 잠자코 있었다.

"그런데 할 말이 뭐야?"

어색한 분위기를 깨려고 내가 먼저 물었다.

"정원아, 있잖아. 나……."

무슨 큰 비밀이라도 털어놓으려는 듯 재민이가 한참 뜸을 들였다.

"있잖아. 나 아버지한테 가는 거 아니야."

"그럼?"

"입양 가."

"입양?"

입양이라니. 머리카락이 쭈뼛 섰다.

"그런 표정 짓지 마. 내가 할 말을 까먹잖아."

"알았어. 미안해. 도대체 무슨 말이야? 아버지를 찾은 게 아니라고?"

"응, 찾고 말고 할 것도 없어. 아버지가 누군지 몰라서 못 찾은 게 아니니까."

재민이 말이 점점 아리송해졌다.

"그럼 그동안 아버지가 누군지 알고 있으면서도 안 찾았다는 거야?"

"솔직히 말하면 나는 몰랐고. 엄마랑 외삼촌은 알고 있었대."

"어쨌든 알고 있었던 거네. 근데 왜 여태 아버지를 안 찾은 거야? 그리고 아버지가 누군지 안다면서 왜 입양을 가? 난 하나도 못 알아먹겠다."

재민이는 한숨을 내쉬더니 피식 웃었다.

"그렇지? 나도 처음엔 그랬어. 되게 웃기지?"

재민이는 진짜로 재미있다는 듯 키득거렸다.

"아버지한테 가는 게 아니라 입양 가는 거라는 걸 얼마 전에 알았어. 엄마가 술 취해서 울고불고 안 했으면 갈 때까지도 몰랐을 거야. 외삼촌은 가기 전에 말해 줄 생각이었다고 했지만……. 아마 말 안 했을 거야, 절대로. 아버지가 누군지는 아는

데 그 사람이 지금 어디 있는지는 몰라. 연락 끊긴 지가 오래됐다니까. 정원이 너 혹시 기억나냐? 우리 2학년 땐가 3학년 때 어떤 미군이 와서 울 엄마랑 나랑 죽인다고 난리 피운 거? 그때 나중에 너희 아버지가 나와서 울 엄마 병원에 데리고 갔었잖아."

"그럼. 어떻게 그걸 잊어."

"그때 그 미군이 우리 아버지였대."

나는 그날의 기억이 또렷이 되살아나 소름이 돋았다.

"그런데 왜 너희 엄마를 그렇게 때린 거야? 꼭 죽일 것처럼."

"엄마가 그 미군을 속였대."

"뭘?"

"우리 엄마가 그 미군한테는 아기 안 낳는다고 하고 몰래 날 낳은 거래. 엄마는 정말 그 사람을 좋아했대. 1년이나 같이 살았고. 그런데 그 사람이 태국으로 전근을 가게 됐나 봐. 그때 엄마가 나 임신한 걸 말했는데 미군이 자기는 아직 애 낳기 싫다고 떼라고 돈을 주고 갔대. 엄마는 아기를 낳고 싶었대. 그래서 혼자 나를 낳은 거야. 엄마는 그 미군이 다시는 한국에 안 올 거라 생각했는데 글쎄 8년 만에 돌아왔더래. 엄마를 보러 온 건 아니고. 아예 울 엄마는 잊어버리고 살다가 한국에 다시 근무하러 온 거였대. 엄마를 보고도 한참 만에야 알아보더래. 근데

엄마는 그 남자가 자기를 다시 사랑해 주길 바라면서 쫓아다녔
대. 알고 보니 그 남자, 태국에서 만난 여자랑 결혼을 했더래. 엄
마가 배신감에 내 얘길 했더니 그러더래. 내가 자기 아들인 걸
어떻게 믿을 수 있냐고."

재민이가 울컥 울음을 쏟아 냈다. 나는 재민이한테 더 말하지
말라고 하고 싶었다. 이야기를 다 듣건 안 듣건 재민이 마음이
얼마나 아플지 알고도 남았다. 재민이가 울음을 꿀걱 삼켰다.

"그 양키가 그랬대. 자기 와이프는 울 엄마처럼 미국 한번 가
보려 아무하고 자는 그런 양갈보가 아니라고. 엄마가 술 먹고
미군부대 가서 그 양키를 죽인다고 난리를 피웠나 봐. 한두 번
이 아니고 여러 번. 그때마다 미군부대 정문에서 헌병들하고 막
싸우고. 그 양키가 왔던 날도 외삼촌이 엄마를 겨우 달래서 집
에 보낸 건데, 그때 그 양키가 군복 차림으로 우리 집을 찾아온
거야. 엄마랑 나랑 둘 다 죽인다고."

"그래서?"

"그래서 뭐. 그 양키 놈은 얼마 있다 미국으로 돌아가고, 지금
까지 엄마랑 나는 이렇게 산 거지."

"그건 그렇다 치고 왜 널 입양 보내는 거야? 넌 엄마도 있고
할머니도 있잖아."

"여기 있으면 내가 힘들 거라고. 나 같은 튀기들은 입양 가는

게 여기보다 낫대."

"누가 그래?"

"외삼촌이. 우리 외삼촌은 오피스 하니까 미국 간 여자들도 많이 알고, 입양에 대해서도 잘 아나 봐. 내가 중학교 와서 계속 말썽만 피우니까 외삼촌이 여기 있다가는 깡패나 펨푸 될 게 뻔하다고."

"그런 게 어딨어! 진짜 아버지한테 가는 것도 아니고 입양이라니. 안 간다고 그래."

재민이는 빨갛게 충혈된 눈을 치떠 나를 보더니 고개를 저었다.

"사실, 나도 자신이 없어. 미국 가는 게 좋은 건 아닌데 학교 다니는 게 너무 싫어. 나 여름방학 전에 닷새나 근신 먹었어. 교실에서 돈이 없어졌는데, 애들이 날 의심했어. 이유가 뭔지 알아? 내가 돈을 많이 써서 그랬대. 나보다 돈 더 잘 쓰는 애들도 많잖아. 그런데 날 의심한 건 튀기는 돈도 없이 빌빌거릴 거라 여기기 때문이야. 그날 내가 주번이었거든. 내가 누구랑 주번을 한 줄 아냐? 반장이랑 같이 했어. 모두 날 의심하는 거야. 반장은 그럴 리 없으니까 나밖에 없다는 거야. 내가 교실 문 잠글 때 반장이 옆에 있었거든. 체육 시간 끝나고 문 연 건 반장이고. 내가 교실에 들어와 돈 가져갈 시간이 없었다는 걸 뻔히 알면서도 날 의심하는 거야. 심지어 반장은 담임한테 말하지도 않고 자기가 범인을 잡겠다는 거야. 그러더니 다짜고짜 내 가방을 보재. 내가 안 가져갔다고 아무리 말을 해도 들은 척도 안 했어. 다른 애들도 아무도 내 편을 안 들고. 반장이 내 가방을 자기 책상 위에다 놓고 하나씩 뒤지는데 눈이 돌아가더라. 그래서 주먹을 날렸어. 정말 못 참겠더라. 나중에 담임한테 그대로 얘기했거든. 근데 나만 잘못했대. 걔는 반장으로서 할 일을 했을 뿐이래. 내가 먼저 주먹을 날렸으니 내 책임이라는 거야. 이것 봐. 그 자식 때문에 교탁 모서리에 부딪혀 이마가 찢어졌어. 열 바늘이나 꿰맸지. 걔는 입술만 찢어지고 눈두덩이만 좀 부어올랐다고. 근데 나만 처벌을 하는 거야. 처음엔 정학시킨다고 그러더라. 그 소리 듣고 엄마가 학교 가서 한바탕 뒤집었어. 그러고 나더니 근신이래. 엄마가 억울하다고 또 학교 가서 난리를 피운다고 하기에 그냥 관두라고 그랬어. 나 때문에 울 엄마도 자꾸 이상한 여자가 되는 거 같아서."

그런 재민이를 보고 있자니 명치끝이 찌릿찌릿 아파 왔다. 재민이를 안아 주고 싶었다. 하지만 내 품에 안기에 재민이는 너무 컸다.

재민이가 다시 눈물을 글썽였다.

"아직도 그 생각만 하면 분이 안 풀려. 엄마 아니었으면 학교고 뭐고 반장이고 선생님이고 다 패 주고 싶었어. 여기 계속 있으면 그런 일이 또 일어날 거 아냐."

재민이 이마에 난 흉터를 올려다보았다. 왼쪽 눈썹 바로 위라 오랫동안 흉터가 남을 것 같았다.

"조금만 참지. 앞으로도 그냥 참으면 되잖아. 너 원래 잘 참았잖아."

"어떻게 더 참아. 너도 한번 당해 봐. 계속계속 참을 수 있는지. 넌 몰라. 내가 얼마나 많이 참았는지……."

재민이 얼굴은 비를 가득 품어 터지기 직전 먹구름 같았다. 나는 재민이에게 속마음을 숨기지 말고 네 마음대로 하라고 말하고 싶었다. 재민이가 한숨을 쉬고는 말을 이었다.

"정원이 너는 잘 몰라. 튀기라고 손가락질당하는 게 어떤 건지. 이제 더는 화가 나고 미워서 견딜 수가 없어. 나도 나를 어떻게 못 할 것 같아. 외삼촌 말대로 어차피 여기서 못 살 거면 일찍 가는 게 낫잖아. 입양시켜 주는 데서도 그랬대. 한 살이라도 어릴 때 가는 게 낫다고. 여기 있으면 괜히 엄마만 더 힘들 거야. 울 엄마 나 때문에 많이 힘들었거든. 동네 사람들은 엄마를 욕하지만 난 엄마밖에 없어. 사실 어떨 땐 엄마가 원망스럽고 창피해. 그래도 나한테 가장 소중한 건 엄마잖아. 그냥 엄마 원하는 대로 하고 싶어."

재민이는 말을 다 마치자 풀밭 위에 벌러덩 누워 버렸다. 나는 재민이한테 가지 말라고 하고 싶었다. 내가 양색시 아들이라고 손가락질하는 애들을 다 혼내 주겠다고 하고 싶었다. 하지만 입이 떨어지지 않았다. 어차피 나도 곧 동두천을 떠날 테고 재민이를 지켜 줄 힘도 없었으니까. 무릎을 모으고 동두천 읍내를 내려다보았다. 신천 너머 논에 벼가 누르스름하게 익어 가고 있었다.

"미국 가면 네가 가장 보고 싶을 거야."

재민이 말에 심장이 뛰었다. 아무 대답이 없자 재민이가 다시 한 번 큰 소리로 말했다.

"김정원, 미국 가면 네가 가장 보고 싶을 거야. 너밖에 생각 안 날 거야."

갑자기 얼굴이 달아오르며 눈앞이 흐려졌다. 재민이한테 우는 걸 들키지 않으려 이를 앙다물었다. 재민이가 부스럭거리며 일어나 앉았다. 순간 내 왼쪽 뺨에 뭔가 닿았다 사라졌다. 축축하고 차가운 감촉이 입술이었다는 걸 깨달은 건 재민이가 수크령이 우거진 풀밭을 가로지르고 있을 때였다. 뒤도 안 돌아보고 내달리는 재민이를 보는데 가슴이 방망이질했다.

어떻게 산을 내려왔는지 몰랐다. 교문까지 내려와 두리번거렸지만 재민이는 보이지 않았다. 날이 어둑해지고 있었다. 그날 밤

나는 밤새 가슴이 뛰고 얼굴이 화끈거려 몇 번이나 일어나 앉았다 누웠다 했다. 동두천 기억을 한구석에 깊숙이 밀어 넣고 잊고 지냈던 스무 살 시절에도 내 뺨에 닿았던 그 축축한 느낌만은 잊히지 않았다.

새벽부터 나르기 시작한 이삿짐을 다 실은 건 아침 아홉 시가 조금 넘어서였다. 좁은 방 두 칸에 있던 살림치고는 짐이 많았다. 짐을 실은 화물차를 타고 아버지가 먼저 떠난 뒤 엄마는 동네 골목에 모인 아줌마들과 얼싸안고 눈물을 쏟아 냈다.

해자는 뒤에서 허리춤을 감싸 안고 내 등이 다 젖도록 울고 또 울었다. 당고모가 억지로 떼어 내고 나서야 해자는 울음을 그쳤다.

"재민이는 왜 안 나와? 내가 가 볼까?"

내가 계속 재민이네 집을 곁눈질하는 걸 알아챈 해자가 소매로 눈물을 훔치며 말했다. 하지만 나는 이미 재민이가 대문 뒤에 숨어 있는 걸 눈치채고 있었다.

"아니야. 나올 거야."

"정원아, 가방 들어. 이제 가자."

엄마 말이 끝나자 재민이네 대문이 열렸다. 재민이도 코끝이 빨갰다. 눈물이 그렁그렁한 눈으로 억지웃음을 짓는 재민이를 보자 겨우 참고 있던 울음이 터져 버렸다.

"잘 가. 미국 가면 여기 생각 다 잊어버려야 해."

나는 재민이가 미국에 가서 여기서 받은 상처와 기억을 다 잊기를 바랐다. 아무런 편견도 없는 세상에서 자유롭게 살 수 있기를 바랐다. 그때까지 나는 미국이 자유와 인권이 살아 있는 곳이라는 어른들 말을 곧이곧대로 믿고 있었다.

"이거 너 가져."

겨우 울음을 멈춘 내게 재민이가 불쑥 내민 건 우표책이었다.

"이걸 왜 다 줘?"

"비행기 탈 때 짐이 너무 많을 거 같아서. 이거 보니까 너랑 같이 우표 사러 다닌 기억이 나더라. 너한테 없는 것만 골라 넣었어. 잘 가."

우표책을 받아들자 재민이는 인사도 않고 자전거에 올라타 쏜살같이 골목을 빠져나가 버렸다. 뒤늦게 나온 재민이 외할머니가 내 손에 천 원짜리 두 장을 쥐여 주었다.

그날, 택시를 타고 어수동역에 내려 내가 본 것은 비탈길 아래 세워 둔 재민이 자전거였다. 하지만 아무리 두리번거려도 재민이는 보이지 않았다. 용산행 기차를 기다리는 동안 역 둘레를 몇 번이나 돌았지만 끝내 재민이를 볼 수 없었다. 재민이가 모습을 나타낸 건 기차가 덜컹하고 출발할 때였다. 재민이는 어수동 역 울타리 뒤에 숨어 있었다. 차창 밖을 향해 손을 흔들었지만 재민이는 멍한 눈으로 기차를 좇을 뿐이었다.

그림자를 찾아서

"그때 너 봤어. 어수동역에서."

"그래?"

재민이가 피식 웃었다. 26년 전 기억이 또다시 가슴을 먹먹하게 했다.

"내가 준 우표책은?"

나는 그냥 웃고 말았다. 그 우표책을 언제 어디서 잃었는지조차 까마득했다. 아마 고등학교 시절에 벌써 없어졌을 것이다. 그때는 동두천이, 재민이가 이렇게 오래도록 사무칠 거라고는 생각하지 못했다. 미안한 마음에 얼른 화제를 돌렸다.

"미국엔 왜 안 갔어?"

"너 가고 나서 심하게 앓았어. 밤만 되면 열나고, 토하고. 의사가 처음엔 감기라고 하더니 나중에 심리적인 것 같다고 했나봐. 우리 할머니가 그런 나를 그냥 보낼 리가 있냐? 결국 엄마도 포기했어. 엄마가 나 못 보내겠다니까 수속 밟던 외삼촌이 생난리를 피웠지. 우여곡절이 많았는데…… 어쨌든 다 지난 일이야."

"후회 안 해?"

"뭐, 전혀 안 한다면 거짓말이겠지. 학교 때려치우고 의정부에서 기타 배울 땐 정말 후회 많았지. 그렇지만 미국 갔다고 뭐 달라졌겠나?"

"학교는 왜 그만뒀어?"

"그냥. 어느 날 회의가 들더라고. 힘들게 공부해 봤자 취직도 못 할 게 뻔하고. 내가 상과반이었거든. 생각해 봐라. 내가 타자니, 주산, 부기 같은 게 적성에 맞겠냐? 엄마는 인문반으로 옮겨 신학대학을 가라고 성화였는데 공부를 안 하기 시작하니까 손에 안 잡히더라. 그렇다고 껄렁거리며 기지촌 언저리나 맴돌다간 펨푸밖에 할 게 없을 거 같고. 차라리 음악을 하는 게 낫겠다 싶었어. 피아노도 쳤고 기타도 좀 쳤으니까. 엄마가 처음에는 허락을 안 했지. 울고불고 신세타령하더니 결국 학원비를 주더라. 한 2년쯤 청계천으로 기타 배우러 다녔어. 그러다 연줄이 닿아 의정부 클럽에 취직하고, 보산리에도 좀 있다가 송탄도 갔다

가. 나도 한땐 잘나갔어. 내 기타 솜씨가 좀 괜찮았거든. 근데 나이 먹으니까 또 회의가 들더라. 술, 담배, 대마초, 다 지겨워지고. 또 그때 엄마가 자궁 수술을 했는데 이렇게 살면 안 되겠다 싶더라고. 그래서 엄마가 꼭 움켜쥐고 있던 생연동 집 팔아서 임야 좀 사고, 방 두 칸짜리 집 짓고 그랬지."

"엄마는 건강하셔?"

"골골해. 울 엄마 쉰 살이 다 되도록 히삐리로 살았다. 그러니 몸이 오죽하겠냐. 외삼촌이 도박하다 오피스 다 들어먹고 미국으로 도망가고, 그 충격으로 할머니는 뇌졸중으로 쓰러지고. 말도 마라. 정말 사는 게 사는 것 같지 않았어. 나야 뭐 여기저기 떠돌며 살 때니까 엄마가 다 감당하며 살았던 거지. 근데 울 엄마 얼마나 독한지 생연동 그 집은 안 팔고 갖고 있더라고. 난 처음엔 내 장가 밑천이라도 마련하려고 그랬나 했더니 그게 아니더라.

원래 우리 엄마가 동두천 토박이였단다. 우리 외할아버지 땅이 지금 미군부대 안에 있었대. 밭이랑 논이 좀 있었나 봐. 근데 전쟁 끝나고 미군이 들어오면서 그 땅을 시세의 반도 못 미치는 돈에 내놓으라고 했대. 집값은 쳐주지도 않고. 그 돈으로 남양주에다 땅을 샀는데 집 짓고 나니까 딱 밭뙈기 한 마지기 나오더란다. 외할아버지가 남의 땅에서 농사짓다가 화병으로 돌아가시고 만딸인 우리 엄마는 동두천으로 흘러 들어오고……. 처음엔 딸이 양갈보 됐다고 쳐다보지도 않던 할머니도 엄마가 나를 낳으니까 집 팔아서 동두천으로 들어온 거야. 그 돈으로 우리 살던 집을 겨우 마련한 거고. 엄마가 그거 지키겠다고 나이 쉰에도 보산리 언저리를 못 떠나고 히빠리로 산 걸 생각하면 억장이 무너져."

술에 취하면 동네 골목에서 고래고래 소리를 지르던 재민이 엄마가 생각났다.

"울 엄마 정말 독종이야. 그치? 나 같으면 일찌감치 팔아 치웠을 텐데. 요즘엔 가끔 엄마랑 술 마시면 까놓고 그래. 엄마 참 독종이라고. 그러면 엄마가 그런다. 살다 보면 독종이 되는 거라고. 사람 목숨만큼 질긴 게 없다고. 죽고 싶을 때가 많았는데 목숨이 함부로 끊어지질 않더래. 어떻게 저러고도 사나 싶은데 다 살게 되더라고. 나도 한때 엄마 원망 많이 했어. 그래서 할머니 돌아가시고 동두천으로 와서 같이 살자 하는데도 안 가고 떠돌아다녔지. 근데 말이야, 이제 이렇게 같이 있는 게 얼마나 고마운지 몰라. 날마다 싸우긴 하지만……."

나는 문득 클럽 다니는 여자가 무슨 수로 집을 샀겠느냐며 온갖 소문을 만들어 내던 동네 사람들이 떠올랐다. 재민이 엄마나 외할머니는 그 소문을 알고 있기나 했을까?

"있잖아……, 나 너 원망 많이 했다. 어떻게 연락 한번을 안 하냐?"

문득 재민이 말투가 우리가 헤어지던 그 무렵의 소년처럼 느껴졌다. 어리광을 피우듯 투덜대는 모습에 갑자기 마음이 짠해졌다.

"나는 네가 한국에 있는 줄 몰랐어. 진짜."

재민이가 뜻밖이라는 듯 눈을 동그랗게 뜨고 되물었다.

"너희 당고모는 아셨는데? 바로 앞집이잖아."

"우리 이사 가고 나서 당고모네랑 소원하게 지냈거든."

"그랬구나."

재민이 얼굴에 아쉬움과 서운함이 가득했다. 변명이라도 하고 싶었지만 윤희 언니네 얘기를 길게 하고 싶지 않았다.

"근데 해자는 왜 나한테 네 얘길 안 했지? 해자랑은 그때까지 연락했단 말이야."

해자 얘기에 재민이는 눈을 내리깔고 딴청을 했다. 재민이 얼굴이 불그스레해지는 것 같기도 했다.

"해자가 얘기 안 했어?"

재민이가 뭔가 의심스럽다는 투로 물었다.

"무슨 얘기?"

"내 얘기 말이야."

"안 했다니까. 난 여태 네가 미국에 있는 줄 알았다고."

"아니, 나 미국 안 간 거 말고……."

재민이가 머리를 긁적이며 실없이 웃었다. 무슨 일인지 도무지 알 수가 없었다.

"너 왜 웃어?"

재민이가 미적거리다 마지못해 입을 열었다.

"민해자가 나 좋아했잖아."

"해자가 널?"

"응, 그때 네가 내 생일날 빨간 컵장미 줬을 때, 민해자가 분홍색 컵장미 줬어."

"정말?"

"응."

"난 왜 몰랐지? 해자가 그런 말 한 적 없는데."

해자가 재민이를 좋아했다니. 슬며시 웃음이 나왔다.

"해자 걔가 내숭 떠는 애가 아닌데 왜 그랬을까?"

"네가 나 되게 좋아했다며. 그래서 말 못 했다던데."

이번엔 내 얼굴이 달아올랐다.

"그래? 근데 넌 왜 그 얘기를 그렇게 어렵게 해. 다 지난 얘긴데."

"좀 그렇잖아."

"좀 그렇긴 뭐가 그래. 그럼 나 전학 간 다음에 너희 사귀었어?"

"아니. 난 너 좋아했거든. 나 이래 봬도 순정파였어. 그 분홍색 컵장미도 그냥 버렸어."

나도 모르게 피식 웃음이 나왔다.

"진짜야."

"알아."

"알았어? 근데 왜 시치미를 뗐냐?"

"내가 언제 시치미를 뗐어? 나도 너 좋아하는 거 엄청 티 냈는데. 네가 모르는 척했지. 그건 그렇고 해자는 그 컵장미 주고 끝난 거야?"

"아니. 너 전학 가기 며칠 전 소요산에 놀러 갔을 때 그러더라. 너 가고 나면 나 미국 가기 전까지 자기랑 사귀자고."

"나 전학 가고 나면?"

해자다운 말이었다. 힘들고 아픈 일들을 우스갯소리로 넘기던 해자의 웃음이 몹시 그리워졌다. 미용 기술은 끝까지 배웠는지, 가수가 되고 싶다던 꿈을 밤무대나 클럽에서라도 이룬 건 아닌지 궁금했다.

"너는 해자 소식 알지?"

재민이 얼굴에 그늘이 드리워졌다.

"소식 아는구나?"

재민이가 담배를 꺼내 물었다.

"나 의정부에서 일할 때 해자랑 같은 클럽에 있었어. 한 2년 정도. 걔랑 가끔 술 마시면 네 얘기 많이 했다."

"같이 있었다고? 해자랑?"

"응. 해자가 가끔 그랬어. 한번은 찾아올 줄 알았는데 아무 연락이 없다고……."

"그런 말을 했다고? 먼저 연락 끊은 게 누군데. 해자가 편지를 안 했어. 내가 몇 번이나 편지를 했는데 되돌아오지도 않고 답장도 없었어. 졸업하고 걔가 일하던 미장원에도 가 봤어. 그런데 주인이 바뀌었더라고. 왜 미장원에 안 있고, 클럽에 들어갔지? 그건 그렇고 지금도 연락이 돼?"

재민이는 고개를 돌려 한숨과 함께 담배 연기를 내뿜었다. 그러고는 손가락에 잔뜩 힘을 주고 머리를 긁적여 제 머리를 까치집을 만들어 버렸다. 몹시 난감한 모양이었다. 재민이는 어깨를 뒤로 젖혀 축축한 눈으로 나를 보더니 마치 침을 내뱉듯 말했다.

"해자 죽었다. 간경화로. 한 3년 됐어."

"죽었다고? 마흔도 안 돼 죽었다고?"

"나도 해자 소식 한동안 모르고 지냈어. 해자가 중학교 졸업하고 청량리에 있는 미장원에 시다 노릇 하러 간다고 여기 뜨고, 난 나대로 2년도 못 돼서 학교 관뒀잖아. 그러다가 서른 넘어서 만났어. 의정부랑 송탄에 있었다는데 인연이 없었는지 마주친 적이 없었거든. 클럽에서 계속 노래를 했다더라고. 그러다 의정부에 있는 그 클럽에서 만났을 때는 정신적으로 많이 안정되었을 때였어. 안 좋은 일로 기도원 가 있다가 정신과 치료도 받고 그랬다더라고. 그때는 교회에 나가면서 열심히 살 때였어. 걔가 다니던 그 교회 전도사가 여자들한테 인기가 많았어. 처음에는 해자가 안정을 찾는 걸 보면서 신앙을 갖는 것도 좋을 거 같아 그냥 지켜봤어. 그런데 점점 이상한 거야. 전도사가 교회를 지어야 한다, 수련원을 만들어야 한다면서 돈을 모으더라고. 그때 탁, 감이 왔지. 저놈 사기꾼일지 모른다. 내가 해자한테 몇 번 얘기를 했는데 귓등으로도 안 듣더라고. 자기가 모았던 돈 다 갖다 붓고, 그것도 모자라 같이 일하는 후배들 돈까지 바치게 했다는 소문이 돌더니 그예 그 전도사란 놈이 날랐어. 그러고 나서 해자는 죽겠다고 몇 번 약 먹고 난리를 쳤어.

한번은 클럽 주방에 쓰러져 있는 걸 내가 병원에 데리고 갔는데 의사가 위세척한 뒤에 그러는 거야. 진통제 마흔 알 먹는다고 죽지는 않지만 간에 문제가 생길지 모른다고. 간이 해독을 하는 데잖아. 그때 이상이 생긴 거 같아. 나중에야 알았는데 해자 그

놈이 집에서 미군한테 안 좋은 일 겪은 뒤 자주 자살 시도를 했었대. 자살 미수만 열 번이 넘었더라고. 벌써 간이 망가져 있었던 거지. 중환자실에 입원했다는 건 나도 나중에야 들었어. 의정부 정리하고 봉암리에 들어가 있을 때니까 소식을 늦게 들은 거야. 부랴부랴 의정부 성모병원에 갔는데 얼굴은 샛노랗고 복수가 차서 허리도 굽히지 못하더라고. 눈알까지 노란데 정말 안쓰러워 못 보겠더라. 전날도 배에서 노란 물을 링거병으로 한 병이나 뽑아냈대. 그때 그 녀석이 그러더라. 너 보고 싶다고. 자기가 먼저 편지를 안 하긴 했지만 그렇게 한번도 연락 안 할 줄 몰랐다고. 그다음 날인가? 전화가 왔더라. 죽었다고."

갑자기 귀가 멍해졌다. 아무 소리도 들리지 않았다. 마치 재민이가 어항 속 금붕어처럼 입만 벙긋거리는 듯 보였다. 울음이 치밀어 올랐지만 울 수 없었다. 해자가 죽었다. 동두천에 처음 발을 디뎠을 때 해자만은 만날 수 있으리라 기대했다. 해자는 이보산리 골목 어디쯤엔가 살고 있을 것만 같았다.

"진작 오지 그랬냐?"

재민이 말투에 원망이 섞여 나왔다.

"해자 장례는 어떻게 했대?"

"몰라, 클럽에 다니던 친구들이 해 췄겠지. 너무 괴로워 마라. 그냥 천국에서 잘 살라고 기도나 해 줘. 너무 마음에 두지 말고.

억울하게 죽은 게 해자 하나만도 아니고……."

재민이가 말없이 창밖을 바라보다 시계를 봤다.

"벌써 네 시가 넘었네. 가야 된다고 했잖아."

"그래, 가야지."

"나가자."

재민이를 따라 일어났지만 얼른 자리를 빠져나오지 못했다. 다리에 기운이 하나도 없었다. 나는 이제까지 내가 버티고 섰던 자리가 어딘지 혼란스러웠다.

"차 어디다 뒀다고?"

"미군부대 정문 옆 담 밑에, 거기 주택가 있는 쪽."

재민이가 걱정스레 물었다.

"괜찮냐? 얼굴이 창백해."

"괜찮아."

"미군부대까지 걸어야 하잖아. 택시 탈까?"

"얼마나 된다고."

"그럼 개울 쪽 도로를 따라갈까?"

나는 말없이 고개를 끄덕였다. 길을 걷다가 낯익은 건물이 보여 발걸음을 멈췄다.

"설마, 여기가 동광극장 맞아?"

내 물음에 재민이가 대답했다.

"응. 기억하는구나."

동광극장은 마치 전자오락실이나 비디오방 같은 느낌이었다. 하나뿐인 매표소에, 디지털 프린터로 뽑은 영화 포스터가 소박하다못해 촌스러워 보였지만, 30년 전에는 꽤 큰 영화관이었다. 문화극장이 주로 외화를 상영했다면 동광극장은 한국 영화를 상영했다. 그래서 초등학교 때 해자와 자주 왔던 곳이다. 나는 영화보다 동광극장에 간판 그리는 아저씨를 구경하는 걸 더 좋아했다. 동광극장 화가 아저씨는 새 영화가 개봉하기 전이면 극장 뒤 벽에다 간판을 기대어 놓고 페인트로 영화 포스터를 그렸다. 영화 간판은 대개 썼던 걸 다시 재활용했다. 나는 전 영화의 주인공이었던 김희라가 새 영화의 주인공인 김정훈으로 바뀌는 모습을 지켜보며, 막연하게 나도 크면 영화 간판을 그리는 화가가 되고 싶다고 생각했다. 해자는 꿈이 고작 간판장이냐고 놀려대면서도 간판 교체하는 날을 기가 막히게 알아내 내게 알려주었다.

동두천에 도착한 뒤 내내 소인국 여행을 하는 느낌이었다. 외곽은 신도시가 들어서며 꽤 변했지만 내가 자란 구도심은 변한 게 거의 없었다. 친구들의 추억이 어린 곳도 그대로였다. 그러나 해자는 없었다. 이곳 어디에도 해자가 없다고 생각하자 눈앞이 뿌예졌다.

"이젠 가야지?"

재민이가 말을 걸지 않았다면 나는 동광극장 앞에서 한없이 서 있었을지 모른다. 아니 주저앉고 말았을지 모른다. 애써 감정을 추스르며 대답했다.

"가야지."

동광극장을 뒤로하고 큰길을 건너는데 극장 앞 골목으로 낡은 기와집이 보였다. 윤희 언니가 입원해 있던 조산원이었다.

"이 집도 그대로 있네."

"이 집이 누구네 집이었는데?"

뒤따라온 재민이가 궁금한 듯 물었다.

"이 집이 옛날 조산원이었잖아. 윤희 언니가 여기서 애 낳았거든."

"그랬어? 제이콥이 여기서 태어났구나."

"제이콥 너도 기억해?"

"그럼, 몇 년 전에도 봤는걸."

"뭐라고? 제이콥을 봤다고?"

"응."

내가 깜짝 놀라는 걸 보고 재민이가 떨떠름하게 말했다.

"너 윤희 누나랑도 연락 안 하냐?"

"응."

"도대체 어떻게 된 거야?"

"윤희 언니 미국 가고 나서 소식 끊겼어. 언니가 일본 갔을 때 한두 번 편지가 왔고, 다시 괌인가 어디로 간다고 그러고 나서 연락이 없었거든. 그 뒤로 우리도 몇 번 이사하고. 일부러 소식을 끊었던 건 아니야. 굳이 안 찾은 것뿐이지."

재민이 표정이 착잡했다.

"윤희 언니 얘기 좀 해 줘."

"나도 자세히는 몰라. 한 5년 전인가? 우연히 만났어. 엄마 다니는 교회에서 부활절 행사를 한대서 갔거든. 그 교회에서 혼혈아들 돕는다고 바자회를 열었어. 근데 윤희 누나가 거기 있는 거야. 알고 보니 윤희 누나가 그 교회 후원자더라고. 혼혈아들 대상으로 하는 공부방에 다달이 후원한대. 그때 제이콥도 왔어. 아주 잘생기고 예의 바른 청년이더라고. 듣기로는 신학대학에 들어갔다고 했던 것 같았어. 바로 밑에 남동생이 있다더라고. 울 엄마가 얼마나 부러워하던지. 그때 잠깐 네 생각이 나긴 했지. 난 누나랑 너랑 당연히 연락하고 있다고 생각했거든. 그래서 오히려 네 소식 물어보고 싶었는데……."

"언니 좋아 보여?"

"응. 남편이 전역하고 엘에이 가까운 데서 사업하는데 꽤 잘된다나 봐. 누나 말 들으니 적어도 2, 3년에 한 번 한국에 나왔대. 누나가 혼자 사는 어머니 챙기는 것 같더라고."

"당고모가 혼자 산다고? 아들들은?"

"나도 모르지. 울 엄마 말로는 막내랑 둘째는 호주로 이민 가고, 큰형은 선생 됐다던데?"

"근데 왜 당고모가 혼자 살아?"

"그거야 나도 모르지."

"엄마 말로는 누나가 미국 가서도 계속 집에다 돈을 부쳤던 모양이더라."

"다시는 한국에 오지 않겠다더니. 한국 이름도 잊고 말도 잊겠다더니 거기 가서도……."

나는 또다시 가슴이 먹먹해져 말을 잇지 못했다.

"그렇게 산 게 윤희 누나만이 아니잖아. 윤희 누나랑 친하게 지내던 우리 엄마 친구를 알거든. 누나 연락처 물어보면 알 수 있을 텐데……. 알아봐 줄까?"

"그러면 고맙지."

목에 메어 말을 할 수가 없었다. 재민이가 나를 보며 다시 담배를 물었다.

"이제 가야지. 의정부 넘어갈 때까지 꽤 막힐 거야."

신천을 거슬러 올라온 바람이 몹시 찼다. 나는 점퍼 깃을 목위까지 올렸다.

"추워? 그냥 골목으로 갈 걸 그랬나?"

"아니야. 괜찮아. 네 차는 어디 있어?"

"저쪽 미군부대 담 맞은편. 옛날 헬기장 앞 골목."

"그럼 거기까지 걸어가자."

"왜?"

"그냥. 네가 먼저 가는 거 보려고."

재민이는 쑥스럽게 웃더니 잠자코 앞장섰다.

벌써 해가 남산머루 산마루에 걸려 있었다. 문득 늦여름 저산 언저리로 번져 가던 노을이 그리워졌다. 재민이와 학교 뒷산에 올라가 바라보던 그 노을 말이다. 나는 두어 걸음쯤 앞서가는 재민이를 불렀다. 그리고 아까부터 망설였던 질문을 던졌다.

"너, 왜 결혼 안 했어?"

"결혼? 누가 나 같은 놈이랑 결혼을 하겠냐? 울 엄마는 아직도 소원이 손자 보는 거라는데……. 그때마다 내가 그래. 또 튀기 만들어서 뭐하냐고. 엄마 가슴에 못 박는 줄 뻔히 알면서도 그런다."

"튀기 만들면 어때?"

"뭐?"

"너 아까 그랬잖아. 혈통주의가 싫다며. 그거 없애면 되지."

"허 참, 그게 그렇게 쉽냐? 너 기억나냐? 우리 어렸을 때 떠돌 던 얘기 말이야. 국제결혼하면, 2세는 머리가 좋은데 그다음에 3세는 바보가 된다는 거. 난 그 얘기 들으면서 어려서부터 그랬 다. 절대 결혼 같은 거 안 한다고."

"그거 근거 없는 말이라는 거 너도 알 거 아니야, 이젠."

"알지. 그렇지만 가족을 부양할 능력이 안 되잖아."

"나중에 외롭잖아. 지금은 엄마가 계시지만. 나중에 애라도 있으면 덜 외로울 텐데."

"울 엄마랑 똑같은 소리를 하네? 엄마가 가끔 그래. 더 늦기 전에 핏줄이라도 하나 만들어 놓으라고. 우리 엄마는 박복한 인 생에 나마저 없었다면 더 끔찍했을 거래. 핏줄만 한 게 없다고. 근데 말이야, 나는 그 핏줄이란 걸 별로 안 믿어. 어떻게 들릴지 모르지만 내가 엄마한테 돌아간 건 핏줄이라서가 아니야. 뭐라 고 해야 할까? 평생 자기한테 짐밖에 안 된 나를 끝까지 믿어 주고 기다려 준 거에 대해 고마움 같은 게 있어. 엄마가 살아온 걸 생각하면 억장이 무너져. 엄마로서가 아니라 그냥 한 인간으 로 불쌍하기도 하고, 그렇게 어려운 형편에도 날 사랑해 준 게 존경스럽고 그래. 그런데 그걸 그냥 핏줄이라서 그런 거라고 하 면 왠지 내 존경심이 옅어진다고 해야 하나? 그렇다고 그걸 사 랑이라고 하면 또 좀 어색하고 낯간지럽고. 그건 핏줄이랑은 다른 거야. 표현하기 참 힘들다. 이럴 땐 공부 안 한 게 후회스럽다니까, 정말. 남들이 들으면 또 삐뚤어진 심보라고 그럴 수도 있는데……."

나는 재민이가 힘들게 쏟아 놓는 말을 알아들을 수 있었다. 재민이는 지금 자기가 엄마에게 돌아간 까닭이 단지 엄마라서가 아니라 만신창이가 되도록 사랑하고 기다려 준 한 존재에 대한 연민과 존경 때문이었음을 말하고 있었다. 나 역시 핏줄보다는 인간에 대한 연민과 이해를 더 믿는다. 나는 재민이가 핏줄에 대해 거부감을 갖는 것이 그동안 받은 피해 의식 탓이라 치부하고 싶지 않다.

"내 말 알아듣겠니?"

"그럼. 충분히. 그럼 아이 말고 네 삶을 그대로 존중해 주고 곁에 있어 줄 누군가를 만들어."

"그러게. 그랬어야 했는데……."

"지금이라도 늦지 않았어."

"그럴까?"

"그럼."

재민이가 수줍게 웃으며 고개를 끄덕였다. 재민이에게는 아직 열여섯 소년의 모습이 남아 있었다.

어느새 보산리 건널목을 지났다. 남산머루 뒤로 숨은 해가 남

기고 간 붉은빛이 캠프 케이시 삼거리에서 신호를 기다리는 차
창에 물들었다. 신호가 바뀔 기다리다 다시 보산리 기지촌을
보았다. 미군부대 앞 기지촌. 자동차 매연으로 시커멓게 된 벽돌
과 야트막한 지붕, 녹슨 섀시 문, 도화지만 한 작은 창문, 깨져
나간 곳을 청테이프로 대충 막은 유리창, 문마다 매달려 있는
자물쇠들, 경원선 철길. 보산리는 우리 동네와 많이 닮아 있었
다.

"이제 보니 참 많이 닮았어."

"뭐가?"

"여기 말이야. 지금 내가 사는 동네랑 정말 닮았어. 내가 그
동네에 처음 간 날 그랬거든. 꼭 언젠가 와 본 것 같은, 아니 고
향에 찾아든 것 같은 느낌이 들었거든. 참 오래 망설였는데 막
상 오고 나니 다시 여기 와서 살고 싶다."

재민이가 얼떨떨한 얼굴로 나를 봤다.

"건성으로 하는 말이라도 듣기 좀 그렇다. 누가 이런 데로 이
사 오겠냐?"

"너도 여기 살잖아."

"나야 별수가 없으니까 여기 살지. 여기서 태어나 학교 다니
고, 여기서 밥 벌어먹고 살았으니까 미운 정 고운 정 다 들었지.
그렇지만 넌 다르잖아. 여기가 뭐가 좋겠냐. 그냥 오랜만에 오니

까 그런 생각을 한 거지. 여긴 별로 가능성이 없어. 발전이 없잖아."

"발전?"

"솔직히 다른 데랑은 좀 다르지. 미군부대 때문에 이만큼 발전하긴 했지만 더는 어렵잖아. 가뜩이나 경기가 안 좋은데, 9·11테러 있고 나서는 기지촌에도 파리만 날린다더라고. 이러다 미군부대 없어지면 여기 사람들 어떻게 살지 모르겠어. 여기 살다 보면 가끔 미군부대 정문 앞에서 데모하는 학생들이 보여. 작년인가 올 초에도 그 추운데 소파가 어떻고 하면서 데모를 하더니, 여름에 의정부에서 중학생들 죽고 나서도 그랬어. 9·11테러 때문에 지금은 얼씬도 못 하지만…… 대학생들이 하는 말들으면 옳은 것도 꽤 많더라. 그래도 한때는 여기 때문에 우리나라에 달러가 늘었다는데, 저 미군부대 덕에 먹고사는 사람도 많았고. 그런데 솔직히, 진짜 솔직히 말하면 나는 저 미군부대가 싫어. 누가 그 말을 들으면 열등감 때문이랄까 봐 대놓고 말은 못 하지만. 대학생 데모하는 거 다 이해는 못 해도 걔네들이 미군에 대해 하는 말은 틀린 말이 없어. 또 모르지. 내가 여기서 한몫 잡은 사람 축에 꼈으면 동두천을 보는 게 달라졌을지도."

동두천을 어떻게 평가하고 기억하는지는 삶에 따라 다를 것이다. 이 동두천에서 7, 80년대를 살면서 돈을 벌고, 그 돈으로 좋은 대학 나와 성공한 사람 눈으로 본다면 동두천은 한밑천 잡을 기회의 땅이었을 것이다. 하지만 그늘에 서 있던 이들에게는 동두천이 또 다른 곳으로 기억될 수밖에 없다.

"재민아, 동두천은 말이야, 사람들을 떠나보내지 않는 곳이야. 여기 살던 사람들에게 특별한 흔적을 남기는 거 같아. 나는 여길 떠날 기회가 있었고, 얼마든지 여길 잊고 살 수 있다고 생각했어. 그런데 아니더라고. 너랑 너희 엄마, 해자가 여기 동두천에서 질기고 독하게 사는 동안, 윤희 언니가 미국에서 눈물겹게 사는 동안 나도 그렇게 아프면서 살았어. 왜냐하면 동두천은 현실이거든. 이 땅 어디를 가도 지워 버릴 수 없는. 그래서 결국 여기까지 오게 된 거야."

재민이는 씁쓸한 웃음을 지었다.

"솔직히 네 말을 다 이해는 못 하겠다. 난 가방끈이 짧아 직접적으로 하는 말 아니면 못 알아듣거든. 근데 그냥 느낌은 와."

"고마워."

손을 내밀자 재민이는 몹시 쑥스러워하며 두 손을 다 내밀어 내 손을 잡았다.

"오늘 반가웠어. 나 또 올 건데, 그때도 반겨 줄 거지?"

"그럼."

재민이 눈가가 축축해졌다. 재민이 손바닥은 굳은살이 박여 있어 딱딱하고 거칠었다. 그 굳은살 밑으로 따뜻한 체온이 느껴졌다. 나는 한참 동안 재민이 손을 놓지 않았다.

　재민이가 낡은 트럭을 돌려 소요산 쪽으로 가는 걸 보고 보산리 오르막길을 올랐다. 철길 위에서 내려다보는 기지촌은 내가 살고 있는 M동과 꼭 닮아 있었다. 미군부대 앞 기지촌이 일제 적산 가옥과 공장이 다닥다닥 붙어 있는 M동과 이토록 닮았을 줄은 몰랐다. 이제 또렷이 알 수 있었다. 내가 14년 전, 왜 M동의 그 골목으로 단번에 휘감겨 들었는지, 똥바다 철길 위에서 왜 그렇게 가슴이 설렜는지, 그곳에서 지낸 첫날 밤 왜 그렇게 눈물이 흘렀는지.

　나는 그곳에서 동두천을 만난 것이다. 잊었다 생각했던 동두천은 그림자로서 현실의 나를 움직여 왔다. 그 그림자는 70년대 동두천이었고, 미군부대에 빌붙어 먹고살던 내 부모, 내 이웃이었고, 나와 내 친구들의 어둠이었다. 스무 살 내 젊음을 거리로, 공장으로, 빈민촌으로 끌어들였던 것은 사회과학 공부나 80년 광주의 충격 때문만은 아니었다. 동두천은 화염병과 최루탄으로 어지럽던 시청 앞보다 광주보다 앞서서, 새 세상을 꿈꾸게 하는 사건이었다. 살아서 꿈틀대는, 누르고 눌러도 끝내 비집고 나와 고개를 드는 살아 있는 존재였다. 내 의식 밑바닥에서 그림자로 살면서 끊임없이 현실과 맞서게 했던 동두천. 동두천은 어떤 삶을 살아야 할지, 어디로 가야 할지 헤맬 때마다 내 의식보다 앞서서 내 삶을 결정하게 하는 그 무엇이었다.

나는 아주 어린 나이에 세상이 음지와 양지로 나뉘어 있다는 걸 알았다. 그때는 보산리 기지촌과 생연리가 바로 그 음지와 양지라고 생각했다. 하지만 동두천을 떠나 좀 더 자란 뒤에는 동두천이 이 땅의 음지라는 것을 알게 되었다. 그보다 더 뒤에는 이 세상의 양지는 모두 음지를 딛고 서 있다는 것을 알았다. 음지와 양지는 서로 갈라놓을 수 없는 한 몸이었다. 그랬다. 동두천은, 그 그림자는 바로 나 자신이었다.

동두천을 나와 의정부를 지날 때까지 몇 개의 캠프와 훈련장을 지났다. 수시로 지나가는 미군 트럭들과 미 헌병들, 나는 새삼스레 내가 살고 있는 이 땅의 현실을 보았다. 극심한 정체 구간인 미 2사단 사령부 앞을 빠져나와 송추유원지를 지날 무렵에는 맥이 다 빠졌다. 나는 국도 변 맥도날드에서 꺼림한 마음으로 커피를 샀다. 그리고 정아에게 전화를 했다.

"너 내일 조퇴할 수 있니?"

"왜요?"

"병원 가게."

"싫어요. 전 병원 안 가요."

정아가 날 선 목소리로 대답했다.

"뭐가 싫어, 애가 정확하게 몇 주 됐는지 알아봐야지. 초음파도 해 보고."

"……"

"대답해. 나올 수 있어, 없어?"

"선생님."

"너 그동안 병원에 가 보기나 했니?"

"아뇨."

"그러니까 더 미루지 말고 가자. 벌써 5개월은 되어 보이던데."

"선생님."

정아는 울먹이며 말을 잇지 못했다.

"네 남자친구도 같이 오면 좋을 텐데. 원래 첫 진찰 때 아빠가 같이 가야 하는 거야."

"그런데 선생님, 지난여름부터 단속이 강화돼서 못 나와요."

"그래. 그렇겠지. 우선 우리끼리 갔다 오지 뭐. 언제 집으로 데리고 와라. 그건 괜찮겠지? 그 사람 뭐 좋아하니?"

"선생님……"

"뭐 좋아하냐니까? 넌 뭐 먹고 싶은 거 없어? 입덧은 안 하니?"

"잡채요. 선생님, 잡채가 먹고 싶었어요. 그리고 그 사람 닭 요리 좋아해요."

"그래, 알았어. 오늘은 언제 퇴근해?"

"한 일곱 시쯤에요."

"그래, 그러면 내가 일곱 시까지 검단 사거리에 있을게."

"근데 선생님 지금 어디세요?"

"응. 어디 좀 다니러 왔어."

"어디요?"

"그림자 찾으러."

"네?"

"나중에 얘기하자."

정아와 통화하는 동안 더 분명해진 것은 정아와 타파마저 이 땅의 그림자로 만들어서는 안 된다는 거였다. 그림자는 해자와 재민이, 윤희 언니, 아버지와 어머니, 그리고 나로 충분했다.

검단 사거리에 차를 세웠다. 여기는 몇 년째 공사 중이다. 논이 있던 자리에는 아파트 공사가 한창이고 잡풀이 우거졌던 언덕배기에는 러브호텔과 복합 쇼핑몰이 들어서고 있다. 공사장 앞 거대한 입간판은 앞으로 검단이 김포 신도시에 버금가는 평화와 웰빙 신도시가 될 거라 떠벌리고 있었다. 하지만 한 블록 건너편에는 여전히 해병대와 검문소가 굳건히 자리를 지키고 있다.

날이 저물자 상점에 불이 들어오고 여기저기서 이주 노동자들이 꾸역꾸역 모여들었다. 연말이라 그런지 쌍쌍이 손을 잡고 나온 사람들이 많았다. 아직은 한산하고 소박한 이 사거리에 활기를 불어넣는 이들은 바로 이주 노동자들이다. 길 건너에 아파트 단지가 완공되고 10층짜리 복합 쇼핑몰이 들어서고 나면 검단 공단에서 삶의 터전을 만들어 가던 이주 노동자들은 또다시 떠밀려 나갈 수밖에 없을 것이다.

하지만 나는 알고 있다. 설사 그렇다 해도 저들이 이 땅에서 영영 물러나는 일은 결코 없으리라는 것을. 그들은 그저 삶터를 또 다른 변두리로 옮겨 갈 뿐이다. 그들이 물러날 변두리가 존재하지 않으면 스스로 그들만의 변두리를 만들어 낼 것이다. 그들은 그렇게 이 땅에서 살아남을 것이고, 코리안 드림을 꿈꿀 것이다. 오래전 이 땅에 살던 사람들이 미국으로 건너가 아메리칸드림을 꿈꾸었듯이.

베트남 사람과 한국 사람으로 보이는 연인 한 쌍이 건널목을 건너 보석 가게로 들어간다. 이제 하루만 지나면 올해도 저문다. 저 연인들은 해가 가기 전 두 사람 사이 사랑의 정표를 만들고 싶은지 모르겠다. 저들은 커플링을 만들어 끼고 나와 이 거리에서 또 새해를 맞고 불안 속에서 새로운 희망을 꿈꿀 것이다.

어둠이 내리고 가로등과 상가 불빛이 환해지는데 얇은 점퍼만 걸친 동남아 여인 하나가 종종걸음으로 건널목을 건너왔다. 그 여자는 슈퍼로 들어가더니 종이 기저귀를 사 가지고 나왔다. 문득 정아의 아기를 위해 기저귀감을 끊어야겠다는 생각이 들었다. 신호등이 초록빛으로 바뀌자 기저귀를 든 여인이 인파 속으로 묻히고, 팔랑거리며 건널목을 뛰어오는 정아가 보였다.

"선생님!"

정아는 차에 올라타자마자 한껏 들뜬 소리로 나를 불렀다. 정아 얼굴은 밝고 씽씽했다.

"왜? 무슨 좋은 일 있어?"

정아는 대답은 않고 생글생글 웃기만 하더니 달뜬 목소리로 말했다.

"선생님. 오늘요 아기가 저한테 신호를 보냈어요."

"뭐? 태동을 느꼈어?"

"네. 처음엔 뭔가 했는데, 아기가 움직이는 거였어요. 선생님 전화 받고 난 다음에요. 아기가 말을 알아들었나 봐요."

나는 발그레해진 정아 뺨을 쓰다듬었다. 그러고는 의자를 뒤로 젖혀 주었다.

"집에 갈 때까지 자. 네가 자야 아기도 잘 크는 법이야."

정아가 해맑게 웃었다. 정아는 금세 잠이 들었다. 차가 M동에 도착할 때까지도 정아는 잠에서 깨어나지 않았다. 나는 시동을 켠 채로 M동 어귀에 차를 세웠다. 잠깐이라도 눈을 붙이려는데 재민이한테서 문자가 왔다.

'오늘 반가웠다. 또 만날 수 있겠지? 윤희 누나 전화번호 알았다.'

'고맙다. 또 만나자. 반드시. 그땐 너희 엄마한테도 인사하러 갈게.'

답장을 보내고 의자를 뒤로 젖혔다. 눈을 감았다. 인천을 떠났다 돌아온 지 아홉 시간밖에 되지 않았다. 그런데도 아주 긴 여행에서 돌아온 것처럼 몸과 마음이 눅진했다.

길은 길로 이어진다

　26년 만에 다녀온 동두천은 이제 현실이 되었다. 동두천은 26년의 세월을 무색하게 했다. 그 동두천 한가운데서 재민이를 만나고 내 삶을 짓누르던 짐을 내려놓았다. 동두천 시내를 걸으며 아슴푸레 사라졌던 기억이 되살아나고 잊을 수 없는 기억들과 결코 잊어서는 안 될 사람들이 더 또렷해졌다.

　나는 며칠을 망설인 끝에 윤희 언니에게 전화를 걸었다. 윤희 언니는 수화기 너머 낯선 목소리가 나라는 걸 알고 나서 한참 동안 말없이 울먹이기만 했다. 제이콥은 재민이 기억대로 신학대학을 나와 전도사로 일하고 있고, 둘째 아들은 벌써 아기 아빠가 됐다고 했다. 처음에는 모든 게 다 좋다는 말만 되풀이

하던 언니는 몇 차례 더 통화한 뒤에야 미국에서의 삶 역시 녹록지 않았다는 것을 고백했다. 윤회 언니가 말했다. 그 넓은 미국 땅에도 뿌리내릴 땅이 마땅치 않았다고, 그래서 척박한 땅을 골라 힘겹게 뿌리내리느라 많이 힘들었다고. 그렇지만 언니는 업신여김을 받은 나무가 더 단단히 뿌리를 내리는 법이라며 오히려 나를 위로했다.

종종 연락하겠다던 재민이한테서 전화는 오지 않았다. 그저 잊을 만하면 문자를 보내 자신의 안부를 알려 왔다. 농장을 그만두고 타일 기술자를 따라다니며 기술을 배우다가 양주에 있는 가죽 공장에 다닌다고 하더니 요즘엔 포천 가는 길에 있는 라이브 카페에서 연주한다고 했다. 위암 말기 판정을 받은 어머니 병원비를 마련하기 위해 다시 기타를 들었다고 했다. 하루쯤 짬을 내 동두천에 들르고 싶었으나 마음뿐이었다. 타파와 정아의 결혼에 장애가 많았기 때문이다.

타파와 정아는 한국에서 먼저 혼인신고를 할 생각이었지만 타파가 불법체류 상태라 법적으로 걸리는 문제가 많았다. 타파는 우선 네팔로 돌아가고, 정아가 아기를 낳은 뒤 네팔로 가기로 했다. 네팔에서 먼저 혼인신고를 하고, 그 뒤 한국에서 신고를 하는 게 좋겠다고 타파는 생각했다. 고용허가제 이후 불법체류 상태에서 걸리면 한국으로 다시 돌아오기가 곤란하기 때문이었다.

정아는 타파가 네팔로 돌아간 지 보름 만에 딸을 낳았다. 정아는 우선 딸을 자신의 호적에 올리기로 했다. 타파는 딸 이름을 '마야'라고 짓자고 했다. 네팔어로 사랑이라고 했다.

타파는 일주일에 한 번 시내 피시방에 나와 웹캠으로 영상통화를 했다. 타파는 내게 정아와 마야를 잘 돌봐 달라는 말을 되풀이했다. 정아는 마야의 백일이 지나자 혼인신고에 필요한 서류들을 챙겨 네팔로 갔다. 정아와 타파가 돌아오기로 한 날 공항에 나갔으나 도착한 것은 정아와 마야뿐이었다. 정아는 집으로 돌아오는 차 안에서 말없이 울기만 했다. 정아는 집에 오자 가방을 풀어 두 사람의 결혼식 사진을 보여 주었다. 양복에 네팔식 모자를 쓰고 화려한 문양이 있는 스카프를 두른 타파와 붉은색 드레스를 입은 정아 모습은 어딘가 어색했지만 표정은 밝아 보였다.

"타파가 결혼 비자를 받으려면 준비해야 할 게 너무 많아요."

정아는 이주 노동자 센터 후배 도움으로 타파를 초청하는 비자를 신청하고, 혼인신고에 필요한 서류들을 준비해 나갔다. 타파의 불법체류 기간이 길었던 탓에 비자는 이래저래 늦어졌다.

"타파가 힘들어해요. 한국에서 8년이나 있다 보니 자기가 이제 네팔 사람이 아니라 한국 사람이더라고. 빨리 돌아오고 싶다는데……."

그사이 우리는 20년 만에 새 집을 짓고 이사했다. 1층은 공부방과 주민 도서관으로 꾸미고, 2층은 정아네 신혼집으로 하기로 했다. 나는 옥상에 방 하나를 들였다. 정아는 타파의 입국이 미뤄지면서 오히려 차분하게 자신에게 맡겨진 일들을 하나씩 잘 처리했다. 그러나 영상통화를 할 때마다 타파는 점점 더 불안을 감추지 못했다. 타파가 정아에게 물었다.

"나 잊는 거 아니지?"

"걱정 마. 우리한테는 마야가 있잖아."

영상통화를 할 때마다 타파가 울음을 터뜨리는 날이 많아졌다. 정아가 착잡한 표정으로 말했다.

"미국이나 유럽 사람이랑 결혼하는 것도 이렇게 힘들까요?"

타파가 한국으로 돌아온 건 1년 반이 지나서였다. 그 1년 반동안 정아는 타파 없이 마야 돌잔치를 치렀다. 타파는 가족과 재회를 하고도 쉽게 안정을 찾지 못했다. 타파 친구들은 여전히 강제로 추방당하거나 또다시 불법체류자가 되어 공장이나 지하방으로 몸을 숨겨야 했기 때문이다.

회사는 고용허가제를 자신들 잇속에 따라 이용했다. 3년 비자가 만료된 뒤에도 1년여를 더 일하려면 사장의 허락이 필요했다. 처음 취업한 일터에서 일이 너무 힘들고 임금 체불이 이어져 다른 공장으로 가려고 해도 사장의 허락이 없으면 쉽지 않았다. 여권을 회사가 갖고 내주지 않는 경우도 허다했다.

"우리 같은 아시아인이 한국에서 떳떳하게 일하며 살려면 돈이 많아서 여기서 기업체를 운영할 수 있거나, 결혼해서 한국 사람이 되는 길밖에 없어."

타파가 냉소적으로 말했다. 그러나 귀화도 만만한 일은 아니었다. 합법적으로 한국에 거주한 지 5년이 지나야 하고, 어려운 시험을 통과하거나 500시간 가까이 되는 사회 통합 프로그램을 이수하고 재산도 있어야 했다. 타파는 마야 덕분에 결혼 비자를 받는 데 꼭 필요한 소득 증명을 면제받을 수 있었지만 불법체류 경력 때문에 결혼 비자가 쉽게 나오지 않았다. 정아는 출국 전에 아예 한국에서 혼인신고를 하고, 네팔로 갔다면 좀 수월했을까 하고 한숨을 쉬었다. 그러나 불법체류자였던 타파에게는 그것 역시 만만한 일이 아니었다.

정아와 타파는 그래도 다른 동료들에 비하면 자신들이 훨씬 나은 형편이라며 서로를 위로했다. 타파는 결혼 비자를 기다리며 원래 일하던 검단의 공장으로 다시 일을 나갔다. 출퇴근이 어려워 일을 쉬는 일요일에만 잠깐 집에 왔다 갔다. 타파는 여전히 컨테이너로 만든 임시 숙소에서 먹고 자고 씻었다. 타파가 농담처럼 씁쓸하게 말했다.

"우리 공장은 시간이 멈췄어. 우리 공장뿐 아니야. 한국에서 3년이 지나도록 변하지 않는 곳은 우리 이주민들이 일하고 사는 데뿐이야."

결혼 비자는 결국 해가 바뀌고 나서야 나왔다. 타파가 어느 날 가족회의를 하자고 했다.

"저 공장 다니는 거 잠시 그만두고 이주 노동자 노조 만드는 친구들과 함께 일해 보고 싶어요. 며칠 전에 친구가 포항에서 불법 폐기물 버리는 일 하다가 쫓겨났어요. 네팔, 방글라데시 사람들 네 명이에요. 낮에는 내내 방에 갇혀 있다가 밤에 나가서 일했대요. 한국 불법 일 우리 같은 이주민한테 떠맡겨요. 나 없는 동안에 친구들이 노조 만드는 일 계속했어요. 같이하고 싶어요.

그리고 네팔 친구들끼리 공동체를 만들고 싶어요. 고용허가제 되고 우리 친구들 더 멀리 떨어져 있어요. 그래서 우울증이 심해요. 우리 서로 도우며 살아야 해요. 내가 다른 친구들보다 조금 더 자유롭고 형편이 나으니까 할 수 있어요. 하지만 정아가 반대하면 안 해요."

정아는 타파 마음을 알면서도 쉽게 대답을 하지 못했다. 정아는 생각할 시간이 필요하다고 했다. 타파가 없을 때 정아가 눈시울을 붉히며 말했다.

"제가 이기적인 걸까요? 타파가 그 일을 얼마나 하고 싶어 하는지 알면서도 쉽게 그러라는 말이 나오지 않아요."

"왜?"

"힘들 테니까. 이제 겨우 안전하게 있을 수 있게 된 건데. 이제 겨우 가족이 다 모인 건데. 정정당당하게 일하러 온 건데. 뭐가 이렇게 복잡하고 힘들죠? 이주민들이 필요해서 법으로 보장까지 해 가며 한국에 오게 하는 거잖아요. 그럼 좀 사람답게 살게 해 주면 좋잖아요. 열심히 살겠다는데, 사랑하는 사람들하고 같이 일하며 살겠다는데. 타파가 노조 만들고 싶어 하는 거, 이주민들이 노조 만드는 거 당연한 거잖아요. 근데 뭐가 이렇게 힘들죠? 저는 또 그걸 하겠다는 타파가 왜 이렇게 걱정스러운지 모르겠어요. 말리고 싶어요. 너무 속상해요."

"정아야, 나도 그래. 노조 만드는 거 한국 노동자들도 쉽지 않아. 참 웃기지. 네 말대로 당연한 거 하는데 왜 이렇게 어려운지 모르겠다. 그렇지만 누군가는 힘들어도 해야 하잖아. 너 타파 좋아한 것도 바로 그것 때문이잖아. 타파가 혼자만 잘살겠다고 하는 사람이 아니라서."

"그렇긴 하죠."

"우리가 같이 견디면 돼."

"……."

정아는 고심 끝에 타파의 결정을 지지했다. 타파가 노조 일을 하며 마야 아빠로, 정아 남편으로 자리를 잡아 가는 동안 정아는 공부방 상근자로 일하며 오랫동안 하고 싶어 했던 사회복지 공부를 시작했다. 두 사람이 척박한 땅에 뿌리를 내리기 위해 애쓰는 모습이 안타까우면서도 대견스러웠다.

재민이한테서 다시 연락이 온 건 동두천에 다녀온 지 3년이 지난 초겨울이었다. 오랜만에 전화해 한참을 데면데면하더니 재민이가 툭 던지듯 말했다.

"울 엄마 돌아가셨다."

해자에 대한 죄책감을 씻기도 전에 재민이 어머니마저 돌아가셨다는 말에 또다시 죄책감이 들었다. 돌아가시기 전에 뵈었어야 했다.

서둘러 동두천으로 갔다. 재민이는 일부러 전화를 안 했다지만 납골당에라도 가야 할 것 같았다. 미군부대 철수 소식이 들리고 난 뒤라 그런지 동두천은 3년 전보다 더 스산했다. 동두천 어귀에 고층 아파트 단지가 들어섰지만 그 아파트 숲으로 동두천의 쇠락을 감출 수는 없었다. 동두천 관광특구에는 여전히 러시아, 필리핀 여성들이 클럽 골목을 지키고 있었다.

보산리 골목을 걷다가 경원선 철로가 있던 자리 위로 들어선 육중한 콘크리트 구조물에 깜짝 놀라 걸음을 멈췄다. 경원선 철길은 역을 다시 짓고 철도를 새로 만드는 공사가 한창이었다.

나는 뭉개진 경원선 철길을 멍하니 바라보다 주위를 둘러보았다. 뭉개진 것은 80년이란 긴 역사를 가진 철길만이 아니었다. 철길 옆 가난한 사람들 삶의 자리가 헐리고, 그 철길을 따라 흘러들었던 사람들의 역사도 다 헐려 버렸다.

재민이 어머니 유해는 생전에 다니던 교회에 딸린 작은 납골당에 모셔져 있었다. 재민이는 미군기지가 완전히 철수하고 옛 양주군 이담면 갈산리 땅에 발을 디딜 수 있게 되면 어머니 유해를 거기 뿌려 주고 싶다 했다.

교회에 들렀다 재민이가 요즘 일한다는 라이브 카페로 간 것은 해가 뉘엿뉘엿 질 무렵이었다. 포천 가는 길목에 있는 카페는 저녁때가 다 되었는데도 한산하기 짝이 없었다. 카페에 마주 앉아 보니 재민이 얼굴이 그때보다 훨씬 말쑥해져 있었다. 재민이가 손수 내려 준 커피를 마시며 조심스레 물었다.

"계속 여기서 일할 거야?"

"모르겠다. 여기 사장 형이 요새 평택에다 자리를 알아보고 있어. 평택에서 클럽이나 라이브 카페를 할까 생각 중인데 나더

러 좀 도와 달래. 동두천은 전망이 없으니까. 미군 철수하고 나
면 대학촌이 들어온다느니 첨단산업 단지가 들어온다느니 소문
이 많지만 정확한 건 아무것도 없어. 지난주에 사장 따라서 평
택에 갔는데 미군기지 들어설 데는 시골이더라. 논도 많고, 동두
천 신천보다 넓은 개천도 있고, 바다도 가깝고. 옛날에는 풍경
이 썩 좋았을 거 같더라. 미군들 들어오기 전에는 동두천도 그
랬을 거야. 우리 외할머니가 그랬거든. 그땐 동두천도 물 맑고
깨끗한 고장이었다고. 그땐 괜히 그러나 보다 했는데 평택 보고
나니까 할머니 말이 빈말이 아니었더라고. 미군기지 들어오는
팽성읍 쪽에는 벌써 고급 빌라들이 새로 들어섰어. 동두천이 팍
가라앉은 분위기라면 거긴 붕 떠 있더라. 사장은 거긴 돈이 될
거라고 결정을 하라는데 이상하게 마음이 안 가. 사장은 불알
두 쪽만 대그락대그락하는 주제에 튕긴다고 빈정거리는데…….
엄마가 그렇게 싫어하던 딴따라 노릇을 돌아가시자마자 시작한
다는 것도 그렇고. 정원이 네 생각은 어떠냐? 내가 어떻게 하는
게 좋을 것 같냐?"

"글쎄, 내가 뭐 할 말이 있나? 요새 동두천 분위기는 어떤데?"

"나도 자세히는 모르지. 아는 사람도 많지 않고. 그나마 내가
아는 사람들은 미군기지 이전하는 거 결사반대지 뭐. 평생을 미
군부대에 기대서 먹고살았으니까. 근데 한쪽에서는 미군기지 완

전 반환 데모를 해. 미군들이 2사단을 평택으로 옮기고 나서도 동두천에 있는 기지를 완전히 반환하지 않을 거라는 말도 있나 봐. 이전하려면 싹 다 이전을 해야 개발이 제대로 될 거 아냐? 어정쩡하면 안 되는데 걱정이지. 그런데 말이야. 저번에 평택 가서 한 바퀴 도는데 문득 그런 생각이 드는 거야. 여기도 억울하게 땅 뺏기고 쫓겨나는 사람들이 있겠구나. 그러다 기지가 들어온다는 쪽으로 가는데 외부 차량은 못 가게 하는 거야. 읍에서 듣기로는 거기 아직 주민들이 산다고 했거든. 군인이랑 경찰이 지키는 거 같더라고. 여기도 문제가 많겠구나 싶었지. 왜 맨날 피해 보는 사람들은 우리 같은 힘없는 사람들일까 하는 생각이 들더라고.”

“그래서 넌 어떻게 할 거야?”

“사장은 송충이는 솔잎을 먹어야 한다며 기타를 들라는데 이 나이에 기타를 들어 봤자 뭐 좋은 일이 있겠냐? 클럽에서 뒷일 봐 주는 거 뻔하고. 나 이제 뒤뿔치기 노릇은 안 해. 더는 군사람으로 살기 싫다. 좀 사람답게 살고 싶어.”

“군사람?”

“왜 자기 식구가 아니라 더부살이하러 온 식구를 군식구라고 하잖아. 난 평생 이 나라에서 군식구 같은 군사람이었어. 여기서 태어나 40년을 살았는데도 말이야. 주민등록증 있고, 돈벌이

하면 세금도 꼬박꼬박 내며 살았는데도 대한민국 사람이 아닌 것 같았다고. 이제는 좀 당당하게 떳떳하게 살아 보고 싶어."

"지금도 당당하지 못할 게 어디 있어?"

"순전히 자격지심일지도 모르지만 내가 살아온 시간을 돌아보면 그런 생각이 들어. 이상하게 널 다시 만난 뒤 내 모습을 자꾸 돌아보게 되더라."

"그건 나도 마찬가지야."

"너도? 너는 왜?"

"나도 늘 뿌리가 없는 것 같았어. 근데 그게 다 내가 억지로 동두천을 지우려고 했던 탓이었어. 사실은 이 동두천이 날 지금처럼 살게 했던 거였는데 말이야."

"동두천이?"

"응."

재민이가 고개를 갸웃했다. 나도 어깨를 으쓱했다. 말은 안 해도 우리는 서로 무슨 생각을 하는지 느낄 수 있었다.

"그래서 생각해 둔 일은 있어?"

재민이가 몸을 들썩이다 쑥스러워하며 말했다.

"포천에서 돼지 키우는 선배가 있거든. 돼지를 7, 8천 마리 키우는데 일꾼들이 거의 이주민들이래. 방글라데시, 네팔, 필리핀……. 거기서 숙식하면서 노동자들 관리 좀 해 달라고 하네.

일이 힘드니까 임금도 꽤 센 편이고. 한번 가 봤는데 농장 환경도 깨끗한 편이야. 돼지는 사람 차별하지 않잖아. 일하는 사람도 거의 이주민들이라니까 오히려 마음이 편할 것도 같고."

"그 대신 일이 쉽지 않겠지. 돼지가 7천 마리라니. 상상이 안 된다."

"막상 보면 그렇게 어마어마하지는 않아. 가만 보면 말이야, 사람 사는 게 다 거기서 거기다. 내가 튀기라서 별나게 살았다고 생각했는데 작년에 노가다 따라다녀 보니 그렇지만도 않더라. 다들 사는 게 만만하지 않더라고. 어렸을 때 애들이 놀려서 울고 집에 들어가면 우리 할머니가 그랬어. 키가 크나 작으나 하늘에 안 닿기는 마찬가지라고. 잘났고 못났고 하는 거 하늘이 보기엔 다 도토리 키 재기로 보이는 거라고. 나이 먹고 보니 할머니 말이 딱 맞더라."

재민이가 커피 잔을 비우며 일어섰다.

"어서 가. 너무 늦었다. 나도 11시부터 마지막 연주해야 돼."

"그래, 늦었네."

카페를 나왔다. 주변에 인가가 없어서 그런지 달빛이 유난히 환하게 느껴졌다. 밤 10시가 넘은 시간이라 카페 옆 식당들이 문을 닫아 불빛이 거의 보이지 않았다.

"밤 되니까 좀 무섭다."

"무섭기는. 난 어둠이 오히려 편해. 이렇게 달빛이 환한 날은 아주 더 좋지."

"이제는 어두운 데 말고 밝은 데서 살아."

재민이는 내 말에 대답은 않고 주차장으로 배웅을 나왔다.

"들어가. 준비해야지."

"조심해서 가."

"너 다음에 우리 집에 놀러 와라."

"너희 집?"

"응, 우리 식구 소개해 줄게. 나한테 딸이 하나 있거든."

"딸이라고?"

"응, 동네에서 오래 만난 친구야. 가족 된 지 몇 년 됐어. 공부방도 같이해. 그 친구가 네팔 사람이랑 결혼해서 딸이 있어. 졸지에 할머니가 됐지."

재민이가 고개를 끄덕이며 말했다.

"참 신기하다."

"뭐가?"

"삶이 이렇게 이어지는구나 싶어서. 사는 동안 가끔 입양 안 간 걸 후회한 적이 있어. 이렇게 쓸모없는 군사람으로 사느니 그냥 미국 사람으로 사는 게 낫지 않았을까 싶어서. 근데 요즘은 여기 남길 잘했다는 생각을 더 많이 해. 엄마가 암 투병하면서 그랬어. 나한테 해 준 것 하나 없으면서 끝내 병 수발까지 하게 해서 미안하다고. 어렸을 때부터 양갈보 아들, 화냥년 아들, 호래아들 소리 듣게 해서 미안하다고. 근데 우리 엄마 양갈보도, 화냥년도 아니었어. 히빠리로 살 수밖에 없었던 거 엄마 탓 아니거든. 난 그렇게라도 날 지켜 준 엄마가 고마워. 내가 태어난 게 실수가 아니라 엄마 용기 덕분이었다는 생각이 들더라고. 엄마도 나도 정말 열심히 부지런히 살았어.

　요 몇 년, 공장 들락거리면서 이주 노동자들 여럿 만났거든. 난 그 사람들도 우리와 다름없다는 생각이 들어. 한국 사람은 모르는 척하고 싶을지 모르지만 그 사람들이 이 경제를 또 떠받치고 있는 거라고 생각해. 동두천이 그랬던 것처럼. 돼지 농장 가서 살게 되면 그 친구들이랑 잘 지낼 거야. 네 가족 잘 대해 줘. 내가 만나러 갈게."

　어둠 속에 손을 흔드는 재민이를 남겨 둔 채 그곳을 떠났다. 나와 재민이는 동두천이 이 땅에 뿌린 씨앗 중 하나였다. 우리처럼 동두천에서 생명을 얻은 존재들은 여기저기 떠돌다 동두천을 닮은 척박한 땅에 내려앉아 뿌리를 내리고 줄기를 뻗고 꽃을 피우고 또 다른 씨앗을 잉태했다.

　세상은 영영 동두천의 그림자를 덮으려 할 것이다. 그 그림자를 덮을 수 있는 것은 더 짙은 어둠뿐이다. 세상이 덮어 버린 동두천을 사람들은 아무렇지 않게 외면해 왔다. 재민이가 동두천을 떠나지 않으려는 까닭도 바로 그 때문일 것이다. 어둠이 걷힐수록 동두천은 환하게 그 모습을 드러낼 것이다. '아직' 오지 않은 빛. 그 빛은 동두천에 남아 질기게 살아온 재민이와 재민이 같은 사람들에게서 나올 것이다.

　나는 재민이가 저 캠프 케이시 정문에 있는 인디언 추장을 미군이 아닌 진짜 인디언 조상에게 돌려주고, 높은 콘크리트 담장과 철조망을 걷어 내 걸산동에 묻힌 자신의 외할아버지의 아버지, 그 아버지의 아버지 뼈 위에 다시 뿌리를 내리고 사는 주인이 되었으면 좋겠다. 그 땅이 예전의 비옥한 땅이 아니라 기름에 절고 쇳물과 쇳가루에 죽어 가는 땅이라 해도 군사람이 아니라 그 땅의 주인으로 뿌리를 내리고 가지를 뻗어 그 땅을 정화시키는 주인이 되었으면 좋겠다. 동두천에서 태어난 내가 바람에 떠다니다 또 다른 곳에서 뿌리를 내리고 질기게 살아가는 것처럼 말이다.

　내가 뿌리내린 곳은 생계를 위해 일제의 잠수정 공장 노동자가 되었던 이들의 땅이었고, 1·4후퇴 때 고향을 떠나온 피란민들의 땅이었고, 땅과 일을 잃고 도시로 떠밀린 이농민의 땅이었고, 지금은 자본에 밀려난 도시 빈민과 바다 건너 가난한 나라에서 온 이주민들이 함께 삶을 이어 가는 땅이다.

두 시간 남짓 쉬지 않고 운전한 덕에 자정이 조금 넘으니 M동의 굴뚝이 보인다. 마음이 느긋하게 느즈러진다. 내 삶의 자리. 나와 정아, 타파, 그리고 마야가 살아갈 내 삶의 자리가 보인다.

돌아온 것이다.

작가의 말

    이 이야기가 『거대한 뿌리』라는 제목으로 출판된 것은 2006
년, 지금으로부터 12년 전입니다. 1999년 늦가을, 석 달 남짓 걸
려 쓴 첫 작품 '팽이부리말 아이들'을 공모전에 낸 뒤 심하게 앓
았습니다. 첫 작품을 탈고하고 나니 내 안에 숨어 있던 이야기
들이 하나둘 살아났습니다. 밤마다 꿈을 꾸었습니다. 그때 나는
꿈에서 무시로 동두천에 갔습니다. 나는 그곳이 내 이야기의 시
작이라는 것을 깨달았습니다. 1999년 12월 31일, 동두천에 찾
아갔습니다. 그리고 2000년 2월말쯤 에세이도 소설도 아닌 거
친 글이 나왔습니다. 처음에 제목은 '내 안의 그림자'로 했습니
다. 동두천이 그림자로 내 안에 똬리를 틀고 앉아 지금의 나를

만들었다고 생각했기 때문입니다.

2017년 여름, 포천 중앙도서관에서 이주민 가족들을 만나고 돌아오는 길에 '동두천 18km'라는 표지판이 눈에 들어왔습니다. 『거대한 뿌리』를 탈고하기 전에 다녀갔으니 12년 만이었습니다. 그사이 경원선 철로는 고가가 되어 보산리 철길이 사라졌습니다. 보산리는 동두천 외국인 관광특구가 되어 있었고, 고가 아래에서는 보산리 골목에서 공방을 하는 예술가들의 프리마켓이 열리고 있었습니다. 주말임에도 관광특구 골목 곳곳이 한산하기 짝이 없었습니다. 골목을 거닐며 미 2사단이 평택으로 이전하게 된 뒤 뭐 먹고사냐고 한탄했던 초등학교 동창의 얼굴이 떠올랐습니다. 그마저도 완전 철수가 아니라는 말에 절망했던 또 다른 동창의 근심 어린 얼굴도 떠올랐습니다. 주한 미군이 평택으로 이주한 뒤, 동두천에 남겨지는 것은 60년이 넘는 세월 동안 오염된 땅과 그 땅에서 살아가야 할 가난한 사람들이었습니다.

그날, 보산리에서 동두천의 구도심인 중앙동까지 걸었습니다. 초등학교 5학년 때 뮤지컬 영화 〈메리 포핀스〉와 〈사운드 오브 뮤직〉, 〈7인의 신부〉를 보았던 문화극장이 영화 〈옥자〉 간판을 걸고 있었습니다. 동두천 성당도, 초등학교 때부터 문턱이 닳도록 드나들던 양문서적도 여전히 거기 그대로 있었습니다. 금세라도 비가 쏟아질 것 같은 하늘을 이고 숨죽이고 있는 동두천이 보였습니다. 오래된 골목 곳곳에 남아 있는 이야기들도 여전했습니다.

'나는 언제까지 이곳을 외면할 수 있을까? 이 땅은 언제까지 이곳을 모른 척할까?'

포천에서 만난 이주민 가족들이 주었던 무거운 숙제를 푸는 데 동두천이 열쇠가 될 수 있겠다는 생각을 했습니다. 그래서 집으로 돌아와 책꽂이에 잠자고 있던 『거대한 뿌리』를 꺼냈습니다.

동두천은 분단이 만들어 낸 기이한 동네입니다. 그곳은 분단의 모순이 흘러들어 고인 곳이었습니다. 아메리칸드림을 꿈꾸는 어른들과 아메리카를 동경하는 아이들이 뒤엉켜 저마다 욕망을 풀어내는 작은 용광로였습니다. 나는 차별과 편견이 열등감에서 비롯된다는 것을 동두천에서 경험하고 배웠습니다. 동두천은 내가 극복해야 할 대상이면서 동시에 나를 성장하게 하는 도반이기도 했습니다. 동두천이 아니었다면 나는 이 세상의 어둠을 그렇게 예민하게 감지하지 못했을 것입니다. 동두천에서 자란 덕분에 힘세고 돈 많은 나라에서 온 미군들의 정체를 또

렷이 인식할 수 있었고, 힘센 자들에게 빌붙어 자신의 주머니를 불리는 파렴치한 이들을 알아볼 수 있는 눈을 갖게 되었습니다. 무엇보다 그곳에서 모순투성이의 세상과 사람을 사랑하는 법을 배웠습니다.

소설에 등장하는 인물들은 모두 허구입니다. 그러나 소설 속 그 누구도 1970년대 동두천에 살았던 사람이 아니라고 할 수 없습니다.

2018년 4월 27일, 남북이 정상회담을 했습니다. 성주 소성리의 주민들은 남북 정상회담이 열리는 그 순간에도 삶의 터전을 사드에 내줘야 하는 어처구니없는 현실에 맞서 싸우고 있었습니다. 3만 년 된 구럼비 바위와 400년을 이어 온 마을 공동체를 파괴하고 들어선 제주도 강정 해군기지는 여전히 주민들의 삶을 갈라 놓고 있습니다. 평택 미군기지는 대추리 주민들의 피와 땀, 그리고 삶을 통째로 집어삼켰습니다. 동두천은 소성리와 강정, 대추리의 과거입니다. 지금 다시 『나의 동두천』을 불러오는 까닭이 여기 있습니다.

2017년 기준으로 한국에 사는 이주민 숫자가 210만 명이 넘었다고 합니다. 내가 살고 있는 강화에도, '기차길옆작은학교'가 있는 인천 만석동에도 이주민들이 삽니다. 『거대한 뿌리』를 낼 때 작가의 말에 이렇게 썼습니다.

"너희들만은 이 땅에 단단히 서 있을 수 있기를, 그래서 이 땅이 가난한 너희들과 우리들의 삶의 터전이 되고 희망이 될 수 있기를, 될 수 있기를······."

그러나 아직도 이 사회는 이주민들에게 이웃의 자리를 내주지 않습니다. 아직도 그들에게 온전한 삶의 자리가 되지 못합니다.

『나의 동두천』은 내가 2018년의 동두천과 강정, 대추리, 소성리를 잊지 않겠다는 다짐입니다. 이 사회가 여전히 이주민들에게 삶의 자리를 내주지 못하는 현실에 분노하게 하는 이유입니다. 나는 세상을 바꾸는 힘이 기술이나 돈, 지식에서만 온다고 생각하지 않습니다. 세상을 바꾸는 힘은 우리가 사는 이 땅이 조금 더 나아지기를 바라는 이름 없는 사람들의 희망과 끈질긴 저항에서 시작된다고 믿습니다. 나는 그렇게 저항하고 꿈꾸는 힘을 동두천에서 배웠습니다. 독자들과 『나의 동두천』을 함께 나누고 싶습니다.

2018년 5월

김중미

나의 동두천

2018년 5월 30일 처음 찍음

지은이 김중미 | 펴낸곳 도서출판 낮은산 | 펴낸이 정광호

편집 조진령 | 디자인 정은경디자인 | 표지그림 김환영 | 제작 정호영

출판 등록 2000년 7월 19일 제10-2015호 | 주소 04048 서울시 마포구 독막로9길 23 아덴빌딩 3층

전화 02-335-7365(편집), 02-335-7362(영업) | 팩스 02-335-7380

홈페이지 www.littlemt.com | 이메일 littlemt2001ch@gmail.com | 트위터 @littlemt2001hr

제판·인쇄·제본 상지사P&B

ⓒ 김중미 2018

ISBN 979-11-5525-105-8 03810

이 도서의 국립중앙도서관 출판예정도서목록(CIP)은 서지정보유통지원시스템
홈페이지(http://seoji.nl.go.kr)와 국가자료공동목록시스템(http://www.nl.go.kr/kolisnet)에서
이용하실 수 있습니다.(CIP제어번호:2018015177)

* 잘못 만들어진 책은 바꾸어 드립니다. * 책값은 뒤표지에 표시되어 있습니다.
* 이 책 내용의 일부 또는 전부를 재사용하려면 반드시 저작권자와 도서출판 낮은산 양측의
  동의를 받아야 합니다.

* 이 책은 2006년 검둥소에서 나온 『거대한 뿌리』의 개정판입니다.